王小波　著

我的阴阳两界

北京出版集团公司
北京十月文艺出版社

新经典文化股份有限公司
www.readinglife.com
出　品

目录

我的阴阳两界

第一章

一

再过一百年，人们会这样描述现在的北京城：那是一大片灰雾笼罩下的楼房，冬天里，灰雾好像冻结在天上。每天早上，人们骑着铁条轮子的自行车去上班。将来的北京人，也许对这样的车子嗤之以鼻，也可能对此不胜仰慕，具体怎样谁也说不准。将来这样的车子可能都进了博物馆，但也可能还在使用，具体会怎样谁也说不准。将来的人也许会这样看我们：他们每天早上在车座上磨屁股，穿过漫天的尘雾，到了一座楼房面前，把那个洋铁皮做的破烂玩意锁起来，然后跑上楼去，扫扫地，打一壶开水，泡一壶茶，然后就坐下来看小报，打呵欠，聊大天，打瞌睡，直到天黑。但是我不包括在这些人之内。每天早上我不用骑车上班，因为我住在班上。我也不用往楼上跑，因为我住在地下室，上班也在地下室，而且我从来不扫地。我也不打开水，从来是喝凉水。每天早上我从床上起来，坐到工作台前，就算上了班。这时候我往往放两个响屁，标志着我也开始工作了。我待的地方一天到晚总是只有一个人，所以放响屁也不怕别人听见。

我住的地方是医院的地下室。这里的大多数房间是堆放杂物的，门上上着锁，并且都贴一张纸，写着：骨科、妇产科、内科一、内科二等等。我搬进来以后，找了一支黑蜡笔，在每张纸上都添了“的破烂”，使那些纸上写的是“骨科的破烂”“妇产科的破烂”等等。这样门上的招牌就和里面的内容一致了。但是没有人为此感谢我，反而说，小神经的毛病又犯了。他们对我说，我不该在门上写破烂二字。破烂二字不能写上墙。假如我要写，可以写储物室，写成“骨科储物室”“妇产科储物室”。但是我说，你们玩去吧。他们听了这话，转身就逃了出去。地下室对他们来说，可不是个好地方。

除了这些堆破烂的房子，就是我住的房子了，门上写着“仪修组王工程师”的字样。我的左边隔壁是破烂，右面隔壁也是破烂。但是除了破烂，这里还有一些别的东西。走廊上，每隔不远就有一个龛，龛里放着标本缸。缸里泡了一些七零八碎的死人。其中一个就在我的对门，和我同一性别，但是既没有脑袋，也没有四肢。我闲下来就去看他，照我看，他死掉时，大概还没有我大。他的腰板挺得板直，一副昂首阔步的样子，只可惜他既没了首，也迈不开步了。人家在他肚子上开了一扇门，在内脏上拴了好多麻线，每根麻线上拴了一个标签，写着大肠小肠之类的字样。假如这位仁兄活过来，一低头就能看见，自己的哪一部分叫什么。除此之外，他还会发现人家把他的阴茎切掉了，但是把阴囊和睾丸都留着，所以那些东西泡在缸里，就像半头蒜的样子。不知道他会不会觉得好看。还有一些龛放着一些玻璃柜，放的是骨头架子。那些东西自己不能够站立，所以柜底下安着一根木杆子，杆顶上有个铁夹子，夹在项骨上。把死人弄成这个样子，可是一种艺术。一般的人，你就是给他最好的死尸，他也做不出好的标本。因为这个原因，我住的地方就像一个艺术馆。我对这个住处很是满意。

我住的地方就是这样。我就是门上写的那位王工程师。小神经也是我。他们叫我小神经，是因为我有点二百五。过了一百年，也许人们不知道什么叫二百五。这句话的意思是说，因为我只待了二百五十天就从娘胎里爬了出来，所以行为怪诞。其实我在娘胎里待足了三百天，但是因为我行为怪诞，大家就说我只待了二百五十天。这种因果倒置是因为我们有幽默感。其实我行为怪诞，是因为我有阳痿病。因为我有阳痿病，所以和前妻离了婚。我现在四十多岁，还在独身，而且离群索居，沉默寡言。

我不得不离群索居，沉默寡言，因为无论我到了哪里，总有人在我背后交头接耳，说我是个阳痿病人。这就使我很不好意思见人，虽然我已经阳痿了十年，对此已不再感到羞愧，但是我还是不乐意人家这样说我。我不愿他们把我看成了太监一类的东西，虽然实际上我的确和太监差不多。这件事的教训是不要找本单位的人结婚，除非你能确信自己没有阳痿病。我前妻原来是本院的护士，现在调走了。但是在调走以前，她已经把我不行这件事传得满城风雨。现在除了躲在地下室，我也采取了积极措施，到康复科去看病。康复科的马大夫和我关系很好，别人看病要钱（公费医疗不报销康复科），他不管我要钱。

马大夫治我的阳痿病，开头是用内科疗法，给我开了很多药，并且让我多吃巧克力。他说巧克力壮阳。但是巧克力吃多了食欲全无，我还长了口疮。后来又换了外科疗法，住了一段时间院，躺在床上打牵引。这就是说，在那玩意上挂上十公斤铅锤，往外拉。牵引了两周，那玩意拉到了一尺多长（后来不牵引，慢慢又缩回去了），但是似乎比以前还软了。他又建议我动手术，移一节肋骨进去。我觉得这样不好，因为肋骨移进去，就会永远硬挺挺，这样很不雅。他对我的病真是尽心尽力，认为我的病老不好，是对他医术的挑战。最后他建议我做变性手术，当不了男人当个女人好了。但是我坚决不答应，因为我身高一米八五，体重九十公斤，头大如斗，手大脚大，当了女人也不好看。最后他说我不肯合作，就再不给我看病了。但是我们俩关系还是很好，他经常跑到我的工作室来和我聊天。这家伙有六十岁了，养得又白又胖，因为不正经，在头头脑脑面前很没人缘，和一些小大夫小护士倒蛮亲热的。

就是他有一天跑到我这里来，说要给我介绍女朋友。我觉得他脑子有问题：头几天还要叫我做变性手术，现在又要给我介绍女人，一点逻辑都没有。我就这样和他说了。正说时，有个女孩子从外边闯了进来，说道：马老师，您出去，我自己和他说！然后她就自己介绍说：我是妇科的，我姓孙。其实我在食堂里见过她，就是不知道她是妇科的，也不知道她姓孙。

小孙那一天来找我，起头情形就是这样的。马大夫走了以后，她一五一十地对我说，她马上就需要个男朋友，必须是人高马大，膀阔腰圆，能带得出去的那一种，来帮她解眼前的燃眉之急。这是因为她的前男朋友要结婚，今天晚上就要举行婚礼，她已经收到了邀请，想和一个大个子男人一块去。我想了想，说道：要是这样的话，我能帮上忙。别的事情我就帮不上忙了。这个姓孙的小鼻子小眼，娇小玲珑，一副小孩样，其实已经二十七岁了。到了晚上，我就和她一块去了。婚宴上全是些青年男女，大概都是她的同学，新娘子也是她的同学。我发现，医学院大概只招南方人，所以那一屋子男女全是小个子南方人，白面书生，个个戴着眼镜。我在其中像个巨人。认识我的人都说，我的脸相极凶，还说我吃相难看。我在席上喝了一瓶啤酒，就打了一个大嗝，声震屋宇。然后我讲了一个下流笑话，弄得四座皆惊。其实我没想去捣乱，只是在地下室里待了很多年，很少有人请我来参加聚会，心里很高兴。但是已经把新郎吓坏了，把小孙叫到一边说了好半天。然后我们就提前退席了。回来的路上小孙说：王工，你把他们都镇了！你帮了我的大忙，我不会让你白帮的。我一定也帮你一个忙。

二

后来小孙对我说，作为我给她出气的报答，她要把我的病治好。据她自己说，她读过 Masters 和 Johnson 的书，治我的病十拿九稳。我也看过那些书，所以我想这孩子真是个怪人。她梳了个齐耳短发，长得白白净净，还是蛮漂亮的。不管怎么说，也能嫁得出去，干吗要来给我治阳痿？女孩子只要嫁得出去，就不必理睬不想嫁的男人。我对她说，你没搞错吧？那都是夫妇双修的办法。她说知道，所以我要和你结婚。先结婚，后治病。

我和小孙要结婚的起因就是这样。开头我想，这个孩子还要给我治病，我看她自己就该找人治一下，是不是精神病。后来想到她起初找我那一回的情况，我怀疑她吃了别人的亏。既然她都要嫁我了，问一问也没什么。我就问道：你大概不是处女吧？她说当然不是。你要不要看看？我说看什么？她说我可以对她做个妇科检查。我对此是一没有经验，二没有兴趣，而且也没有必要。只有混充处女的，没有混充非处女的。所以我就说：结婚可是你自己要干的，将来可别埋怨我。她说绝不会。她说这些话时，一点也不脸红。

再过一百年，人们可以在现在留下的相片里想象我：我和大家一样，目光呆滞，脸色灰暗，模样傻得厉害。现在你到美术馆去看看十六世纪的肖像画，就会发现上面的人头戴假发，长一张大屁股脸，个个都是傻模样。过去的人穿燕尾服，瘦腿裤，显得头大身子小，所以很难看。但这样的装束在当时，一定是了不起的好穿着。以此类推，现在的人不论穿什么，将来也会傻得厉害。基于这种心理，我根本不打扮，经常不理发，不刮脸。当然，小孙是女孩子，不能和我一样。她经常打扮得干净漂亮，因为留着齐耳短发，下面的头发楂每天都要推一推。因为这些原因，我们俩在一起不够般配。但是我们俩经常一道去逛大街，表示我们在恋爱。这是计划的一部分，首先做出了恋爱的姿态，将来请求结婚就不至于显得突兀。

将来的人谈到我们结婚前的到处奔走，一定会感到奇怪。我根本就没有逛大街的欲望，我常年待在地下室里，很少走动，所以腿上的肌肉都退化了，白天走了路，晚上就腿疼。天寒地冻，不能去公园。我们总是在商业区里逛，但也没有要买的东西，更没有买东西的钱。过去我一个人在城里逛，老是低着头，看看地上有没有掉的钱，这是我几十年的积习。现在我也和小孙在北京城里闲逛，我倒是不低头，但是对一切都视而不见。倒是小孙时常有所见，走着走着就会忽然捏我一把，说道：看见了没有，刚才那个人盯着我看。听了这话，我就会猛然转过头去，大声说道：哪一个？她把我拉回来说，别这样，你要把别人吓死了。走到街上，我有时也会注意到她忽然把小嘴一扁，小脸一扬，脸上似笑非笑的模样。要不然就是忽然抓住我的胳臂，把全身挂在我身上。这大概是因为又有人看她了。但是到底是些什么人在看她，我一个也看不见。

星期天小孙把我带到王府井一家理发馆门前，让我往橱窗里看。我看了好半天，才认出橱窗里有一张相片是她。那是一幅黑白上色的相片，再过一百年，人们就会根据相片上的水彩，断言拍照时彩色摄影尚未发明。相片上的小孙涂了个红脸蛋，和她本人一点也不像。那相片就像现在看到的玛丽莲·梦露，或者猫王的相片那种五官不清、色彩斑斓的样子，露出五十年代那种村气土气；但是再过一百年，人家看到一个女孩子站在橱窗里自己的相片前流连忘返，也会露出会心的微笑。我对她说，快走吧，待会儿人家会出来说：小姐，是不是想把相片要回去？她就勃然大怒道：你说什么呀你！

小孙说，她在大街上走时，经常迎上这样的目光：先是盯上了脸，然后一路向下搜索，在胸部久久地停留。然后久久端详她细长的腿。她对自己的腿很是骄傲。这种景象我从没看见过。我想人家也许是在看她那条石磨蓝的牛仔裤，那条裤子值我一个月的工资。她对这种说法十分愤怒，说我在蓄意贬低她。其实我没有这样的意思。我早就注意到她的头发细密茂盛，柔软光滑，就像一只长毛猫的毛一样，每次从外面回去，走到医院门口时，她都要把手伸给我，让我拉着它。那只手非常小，柔若无骨，又凉又滑。我们拉着手从门口进去，她还要去问传达室的老头：有我的信没有？然后和每一个见到的人打招呼。我和小孙谈恋爱的情形就是这样的。

我和小孙每天下了班就到王府井喝咖啡。后来我对咖啡上了瘾，每天必须喝五大杯，否则就呵欠连天，而咖啡太贵了，比外国烟还贵。据马大夫说，我这叫做咖啡因依赖。他又要给我治这种病，但是我拒绝了。我怕他用咖啡掺上大粪给我喝，据说他就是这样给人戒烟。我只是向他打听外界对我和小孙恋爱的反应。他告诉我说，情况不容乐观，人家说，小孙是面子下不来。这句话的意思是说，她借用我在她前男友结婚那一天去给她撑过场面之后，如果现在就不理我，则显得太冷酷，太薄情。因此她必须和我假恋爱一段，然后再把我甩掉。这就是说，一个女孩子，应该表现得温柔多情，尽管她其实不是那么温柔多情，也要假装成这样。这也就是说，小孙借用我去参加婚宴的事现在已经是尽人皆知了。这件事起初只有三个人知道：一个是我，一个是小孙，还有一个就是马大夫。我们每个人都有把这件事泄露给别人的嫌疑。马大夫主动告诉我说：这件事我可没对任何人说过，也不知别人怎么就知道了。

假如马大夫没有把这件事告诉别人，小孙也不告诉别人（这事对她名声有损），剩下只有我最可疑。但是我成天待在地下室，从来不和外人接触。最后的结论就是我们谁也没告诉别人，这事就自己传出去了。由此得到一个推论，我们医院里现在安装了一台可怕的仪器，可以窃听全院每一个角落。这台仪器由一个长舌妇操作，她听到了我们在地下室里的谈话，然后就告诉了医院里每一个人。但是这件事非常的不可能，因为他们安这仪器时，必定要找我。我是全院唯一的电气工程师。连我都不知道医院里有这台仪器，那就必定是没有。

根据医院里现在的传闻，小孙是个极好面子的姑娘。她不乐意在前男朋友结婚那一天显得孤独无伴，所以借用了我。这是很正确的。根据同上传闻，她的小算盘又极精，找一个阳痿的男人来撑场面，将来不会有任何损失；有损失的是我，因为我被女人耍了。但是实际情况不是这样，实际情况是小孙正在献身于科学，准备在我身上探索一条治疗阳痿的新路。我和她是医生与病人的关系。当然这一点是秘密的。在开始治疗前，她必须嫁给我，然后治疗才合法，治好以后，才好写报告，拿出去发表。为此必须叫大家相信我们在恋爱。小孙说，我们俩必须在人前再亲密一点。她建议我们中午时到门厅里去接吻，但是我觉得过于肉麻。于是她建议我们从外面回到医院里时，显得再亲热一点。这就是说，在经过大门时，她要骑在我脖子上。我问了她的体重，体检时什么也不穿是四十三公斤，现在着了冬装，顶多也就是四十八公斤，这不算重；更何况她说，把你治好了以后，骑我的时候还多着哪；所以我实在没有理由不答应她。

三

在小孙骑我脖子之前，发生过很多事。首先是小孙说，她要扮演我未婚妻的角色，就要处处管着我。自从我成了小神经以后，已经习惯了别人对我耳提面命。在这些人里，女人尤多，多一个小孙也没什么。比方说，我去领工资，会计一定要再三关照我说：你数数，这是一百三十元。其实没有什么好数的，总共是一张一百元的大票，三张十元小票，完全可以一目了然；更何况数也数不多。因此我拿了钱总是看都不看就往兜里一揣。但是那个二十三岁的小会计一定从柜台后面赶出来，把我兜里的钱掏出来，当着我的面数一遍，然后再塞到我口袋里去。我到食堂里去买饭票，管理员大妈也会把饭票对我一五一十地交待：这种红的是菜票，那种绿的是饭票，千万别搞混了。其实我只是阳痿而已，并不色盲，更不是低智人。但是因为我阳痿，就不能阻止别人像关心低智人一样关心我。

人家总要把男人的大脑袋和小脑袋联系起来看，小脑袋不行的大脑袋一定不行——这成了一种成见了。我也无心去纠正这种成见，因为既然是成见，就无法纠正。我只管我行我素，待在地下室里不出来。这样省了好多的事：因为大家都觉得我是个傻子，所以什么开会、学习等等都不叫我去了；这样省了我和大家一起磨屁股。后世的人，对我们要开那么多的会一定惊诧不已，因为到了那时候，只有总经理、部长、总统才须开那么多的会。所以那时的人一定会以为我们都是些很重要的人物。其实我们不过是些电工、技师等等，开会讨论过马路要走人行横道而已。而且要开这样的会，必须有一条坚硬的鸡巴，软的不行。过去我除了领工资和买饭票，从来不到楼上去，现在发现连领工资都不必去，因为工资是小孙领去了。饭票也不必去买，因为饭票是小孙代我买了。别人还说，现在好了，王二的事都可以交待给小孙，省了多少麻烦。说完了总要哈哈大笑一通。

小孙和我谈恋爱，结果是我们俩都变成了一种气体，叫做什么一氧化二氮，或者说，叫做笑气，人家一见到我们在一起就要笑。但是我们既然是气体，当然就没有自觉性。我和小孙一道出门去，走过楼道时，小孙一定要叫我站住，给我掖好围脖。其实我根本就不需要围脖，因为我长得相当肥胖，一点也不怕冷。但是小孙一定要这样做，她说这是在大庭广众下和我亲热的唯一机会。掖围脖的时候，过路的护士就会站下来，说道：小两口出门去呀，等等。小孙伶牙俐齿地答道：到王府井买点东西，等等。说完了我们一同向前走去。走不了几步，一阵大笑就会在脑后炸开。这时我们转过身去，就会看到那些护士聚成一堆，个个脸色涨红。很显然，她们是在嘲笑我们。我就想转回去，把她们教训一顿。但是小孙把我拉住，叫我沉住气。她说这种情况会改变的。然后她就挽住我的手臂，把全身都挂在我身上。因为我壮得像个狗熊，而她长得娇小玲珑，所以这么挂着还算好看。假如双方的身坯换过来，那就像蚂蚁举着一片饼干渣，一点也不好看了。但是尽管她使了很大的力气往我身上贴，别人也不相信她真的要和我谈恋爱，更不要说真心嫁给我了。

再过一百年，人们会这样形容我们的医院：这是一座四四方方的院子，四周围着栅栏。院子里全是一些古旧的灰砖房，有一些是两层的，有一些是三层的。他们想象起这些房子，就像现在我们想象地下的墓葬一样。那时候的房子大概都是一百层的大厦，底下五十层放汽车，上面五十层住人。在这些墓葬里，有一些人穿着白大褂来来去去，还有人穿着淡蓝色的睡衣睡裤来来去去。在这些灰砖楼之间，有几片草坪，几棵半死的树作为装点。但是我既不穿白大褂，也不穿蓝睡衣，穿一件粗蓝布夹克衫，在这座古墓里显得很扎眼。但是我根本就很少到上面去，所以也就很少叫人看见。

小孙那天骑着我脖子走进医院时，是星期天下午五点多钟，门诊下了班，天气又很冷，所以到处都看不见很多人。我驮着她，两个人连在一起有两米五十左右，只能小心翼翼从拱门正中通过。两米五十的庞然大物从医院的正门走进去，可算是惊世骇俗之举。这个举动总算是引起了注意，第二天妇科主任就去找小孙谈话，叫她注意影响。但是这个举动也是非常费力的。假如你到过草原，见过人家骑骆驼，就会理解了。骑马骑驴都可以飞身而上，但是骑骆驼时这样干就绝对不可以，因为骆驼太高了。你必须使骆驼倒下来，然后才能骑上去。但是骆驼一般是很不乐意倒下来的，赶骆驼的人要拿个装铁尖的小棍子，围着骆驼转上半天，敲敲前腿，敲敲后腿，磨上一两个小时的嘴皮子，骆驼才肯倒下去。那天下午，我就是那只骆驼，小孙就是赶骆驼的人，但是她手里没有赶骆驼的棍。她只是一遍又一遍地说：你快蹲下来呀！

我在蹲下之前，先把医院门前的街道打量了很多遍。那条街不算宽，扫得干干净净。星期天下午，没有很多行人。然后我又把小孙的脸打量了很多遍：那是一张白白净净的娃娃脸，留着刘海，嘴巴很大。那时我想的是：记住了，就是这娘们要在大庭广众下骑我的脖子，叫我名声扫地。最后我就打量她的下半身：就是这东西要骑上我的脖子。洗得干干净净的牛仔裤，又白又亮的护士鞋。最后我毅然决然地蹲了下来。她一把就揭下了我头上的帽子（那是一顶剪绒皮底的帽子，和二号的钢种锅一样大），然后哈哈笑了起来，说道：王二，你小时候头上几个旋？我知道自己是三个旋，因为一旋拧，二旋愣，三旋打架不要命。但是她说：你现在只剩一个旋了。他妈的，我怎么会不知道自己几个旋？我爸爸不到四十就秃了头，根据遗传，我现在本该一个旋都没有。

后来我就看见两条细细的小腿搭上了我的肩膀。在我站起身之前，那双小手还在我脸上摸了老半天。这倒不是在调情，而是在找可以抓的地方。最后她抱住了我的下巴，说一声起，我就站了起来，脖子后面热烘烘，想起了一句歇后语：大姑娘骑瘦驴，严丝合缝。虽然我不是瘦驴，但是体会到了严丝合缝的感觉。这感觉非常的不好。尤其是她在我脖子上上下摩擦了几下后说：王二，这感觉非常古怪！好像是我把你生了出来！这时我往左一看，看到一条裹在洗白了的粗布里的大腿，往右一看，也是一条这样的大腿。这是我一生未曾见过的景象。这两条腿一齐夹紧，夹得我眼冒金星，我的感觉就更坏了。这时我想起了小时候看过的《天方夜谭》其中水手辛巴达的故事，那位辛巴达也被海老人骑过；但是海老人是个男人，所以辛巴达也没有被人如此严丝合缝地骑过。有史以来，有这种经历的，我是第一人。我就这样走进大门去，影影绰绰地发现有好多人在楼上的窗口看热闹。

小孙初次骑我脖子的事就是这样的。有关这件事，还可以补充如下：开头我是不乐意让她骑的，但是她把我说服了。她说，就她个人而言，对我的脖子是很尊重的——我比她早毕业好几年，所以这是老学长的脖子；我比她大了十五六岁，所以这又是一位大叔的脖子。无论从哪方面说，骑这个脖子都是大不敬。但是为了事业，非骑不可。虽然这些说法相当牵强附会，但是我也无法批驳。而正式骑上去了之后，她就毫无崇敬之心。走过大门时，她把身体挺直，去够门顶上的灯泡。走过楼门时，她又蜷成一团，把我的脑袋整个包住。从大门口，到地下室门口，她总共在我头上盘踞了十分钟，在这十分钟里，她还给我讲了一个故事。其实这个故事我早就知道，典出纪晓岚《阅微草堂笔记》（假如你在那书里查不到这件事，你不要和我计较，我是小神经）。这故事说，某阁老家盖房子，按照中国的传统，盖房子时对梁柱之类都很崇敬，柱上要贴"擎天金柱"，梁上要贴"架海银梁"等等的红纸，安柱架梁时还要放鞭炮。当然了，这是生殖器崇拜的遗风，除了梁柱，祖宗还崇拜大炮、高塔以及一切又粗又长的东西。该阁老家放过了鞭炮，正要吊梁，发现一个丫环正骑在梁上。按照中国的传统，有一个东西是最肮脏、最不洁的；那东西却紧紧贴在了圣洁的架海银梁上。大家看了无比愤怒，有喊打的，有破口大骂的。但是那丫环却拍拍那东西答道：你们瞎嚷嚷什么？帝王将相，皆出于此也！

这个故事我讲起来是这样的，小孙讲起来就不是这样。首先，她把出处记错了，说是《聊斋》；其次，她也不记得骑的是什么，只记得是骑个很神圣的东西。结尾倒是记住了：帝王将相，皆出于此也。讲完了以后，她还问我有何感想。我只谈了一点感受：你给我下去！从大门骑到这里，还没骑够哇！

除此之外还有一点感想，就是她的裤子很干净，是用有香味的洗衣粉洗的，另带一点漂白粉的味道，这些气味很好闻，但是我没有说出来，我只是说这故事她完全讲错了。但是我丝毫也没有贬低她的意思，因为很少有女孩子会去看纪晓岚的书，所以就是看得不仔细也属难能可贵。谁知她根本就没看过纪晓岚的书，这个故事是她从老师那里听来的。原来她们在大学四年级分到了妇科实习，眼看后半辈子就要专门看这个东西，所以大家情绪沮丧。带实习的老师就讲了这个故事来鼓舞士气。这故事的寓意就是要让她们记住，眼前这个东西其实是很伟大的：帝王将相，皆从此出也！

小孙给我讲这个故事，也是想鼓舞我的士气。她还说，她有一个完整的计划，给我治阳痿只是其中的一环。这个计划包括将来写一篇医学论文，一本书（纪实文学类的）《我治好了阳痿的丈夫》，以及心理学、社会学方面的研究报告。干完了这件事，她就可以一举成名。要做这样的研究，和我结婚是必不可少的，否则就会受到社会方面的指责。考虑到这个研究惊世骇俗的性质，现在必须好好演出恋爱一幕，免得叫人看出漏洞来。这孩子是四川人，四川人就是有一点疯，而且她看侦探小说看多了，处处透着诡异的模样。她还怕我不乐意，答应将来把全部稿费都给我。为了这一切都能顺利实现，我也要付出些努力，其中就包括让她骑我的脖子，并且不要忘了，抵住我后脑的那个东西，帝王将相，皆从此出也。

四

小孙骑过了我的脖子以后，我觉得丢尽了面子，更不肯上楼去了。这更合了她的意思，每顿饭都是她给我打来，可以向食堂里的人表示，我们的关系又进了一步。这就使她需要一架小计算器，以便每天晚上和我清账：早餐的油饼是多少钱，中午的肉片又是多少钱。这些都要从我的饭票账上支出。后来我从会计科送来修理的仪器里找到了一台，是精工牌的，上面带有一架打纸条的打印机，不但能算账，还可以打印收据，花了五分钟修好了给她用。在找到那台计算器之前，一切都要从她的小脑袋瓜子里算出来。这时她躺在我房里的空床上，搜索枯肠，挖空心思，再加上搔首弄姿，看上去真叫人于心不忍。我自己也是医学院毕业的，所以真不能相信医学院能把人教得不识数。我们俩不但都是医学院毕业，而且是同一所医学院毕业，唯一的区别就是我学医疗仪器，她学临床医学，但是这一点区别就使她时时问我十二减九等于几。但是她算账的模样还是蛮好看的，从她拖在地下的两条腿来看，你该相信她是仰卧在床上，但是从她的上半身来看，你又该相信她是俯卧在床上。假如是我在做这个姿势，下半生就要卧床不起了。

那时候正是下午五点钟左右，一抹残阳从窗口照进来，正照在那块空床板上。她穿着一件牛仔上衣，脖子后面镶了一块三角形的皮革，一头柔软的短发都被她搔乱了。算到心力交瘁时，她就专心地去闻那支圆珠笔。这些表现一点也不像个人，倒像一只猫咪。这叫我觉得让她来给我治阳痿，实在不好意思。如是个胖大女人，再长一点胡子，那就好意思了。

这个小家伙每天还要给我讲一课，对着“帝王将相”的图谱，给我上女性的生理解剖学。有件事已经讲了不下十次了，就是一到了我能在帝王将相里站住了脚，我们俩必须立即离婚。就其本心来说，她一点也不想嫁给我，到时候一定要离婚，绝对不准赖的。我当然同意了，但是有另一个问题要提出来的，就是假如治疗没有效果，我老也进不到帝王将相里面去，那该如何是好。她说那是绝对不会有的事。人家 Masters 和 Johnson 做了那么多例实验，应该是很有把握。实在治不了，也只好离婚算了。反正双方都没有损失。为了避免将来离婚时闹纠纷，现在就该把账算清。凡是共同开支，一律用二去除，精确到小数点后一位，然后再四舍五入。

就我的本心来说，也一点不想娶她当老婆。我一点也不想娶任何人当老婆，但是很想把阳痿病看好，省得大家拿我当个怪物。所以我们俩在这方面一拍即合。为此就需要在某个时间，某个地点，取得性交的许可。我们俩正为此做出努力。下个礼拜天，我们又出去转了一天，晚上她又是骑着我的脖子回来的，这一回引来了更多的人来看。

这一回我觉得她的裤子凉飕飕的，气息芬芳，不是洗衣粉的气味，也不是香水的气味，很可能来自帝王将相。那个东西，我虽然结过婚，却没有见过，现在每天看图谱，渐渐感到十分亲切。经过了一段时间训练，她认为可以了，我们就打报告请求结婚。谁知道居然出了意外，人家不批准。

后来我觉得这整个事情像一个谜。不知道为什么，小孙想和我结婚，也不知为什么，我会同意和她结婚。从表面上看，她是想给我治阳痿，做一项医学试验，其实这样的理由根本就不可信。从表面上看，我是想让她给我治好这种病，以便从此做个正常的男人，但是这个理由也一点不可信。其实我并不渴望从此做个正常的男人，小孙也不渴望做成这个医学试验。这件事从始至终都可疑得很。唯一可能的解释就是我觉得她是自己人，她也觉得我是自己人。用她自己的话来说，我们俩有缘分。

第二章

一

二十年前，有一个冬天的早上，我骑车去找一个人。当时北京的上空飘着一层混了煤烟的脏雾，好像一口粘痰；我的自行车咔咔作响，好像一只铁皮玩具鸭子；我穿了一件油腻腻的棉袄，头上戴了一顶旧毡帽。当时的情形就是这样的。

北京城的中心是紫禁城，绕着紫禁城有一些街道名和紫禁城有些关系，比方说，太仆寺街、光禄寺街、内务府街等等。有条胡同叫饽饽房，大概那里过去是专给皇宫大内蒸饽饽的；有条胡同叫奶子府，过去大概住了一些为大内服务的奶妈。那些胡同里的房子都不怎么样。七三年到七四年，我经常到那一带去，对那一带的情形知之甚详。当时那一带的胡同里都铺了柏油，但是胡同还是那么窄。有些破房子拆掉了，但是没有好好翻盖。新盖的房子都是用烧得很次的红砖砌的，背面甚至是空心的煤渣砖。没有翻盖的房子都是又矮又破的四合院，和过去完全一样。和过去不一样的还有每条胡同里都多了一间灰渣砖砌的小房子，那就是公共厕所。过去这种房子也有，但是不那么多，这是因为院里的茅房都被填死了，大家都得上公共厕所。自从有了这种小房子，每一条街都臭得厉害。冬天里我骑一辆自行车，从那些胡同里经过，路两边都结了薄冰。我看到那些房子上都喷上了青灰，好像死了爹又死了娘的模样。过去北京城里，只有煤铺墙上才喷青灰。但是尼克松来北京时，到处都喷了青灰，像煤铺一样。大概觉得这样比较美。我小的时候就没看出煤铺怎么美。我是清晨路过那些胡同的。北京城里当时有一层薄雾，所以没有风。天气很冷，但是并没有冷到冻鼻子的程度。那时候除了上早班的人，都还没起来。在胡同口碰见一位少妇，正在倒尿盆。她的头发还能看出一点理发馆的模样，身上裹了一件缎子的（或者是线绨的，这两种东西我分不清楚）的丝绵小棉袄，下面穿一件粉红的棉毛裤，脚下踩着两个毛窝（就是那种毡面松紧口的棉鞋），睡眼惺忪，手提一个搪瓷痰桶迎面走来。棉袄和痰桶都是崭新的，这些迹象表明，她结婚还不到一个礼拜。当时我正盯着她领口看，因为她的脖子和胸口像雪一样白。我记得她是很漂亮的，但是现在想不起她的模样。就我当时的年龄来说，记性本不该这么坏。这是因为她走到了下水道口上，就把痰桶一倒。不仅是哗啦一声，里面还滚出两截屎来。所以我就没记住她的模样，只记住了屎的模样，那屎橛子无比之粗，无比之壮。那东西就冻在了铁箅子上，大概要冻一冬天。在那上面还要冻上剩面条、剩米饭，好像一块奇形怪状的萨其玛。这件事情好像马路上冻结的一口粘痰，冻进了我的脑子里，大概要到我死后，才会释放吧。

时隔二十年，我又想起了那天早上的事。那天我到奶子府去，是要找李先生。不知道现在李先生上哪里去了。现在他大概不会是过去那个模样。但是假如你在七三年看到他，就会说他是个狗头猫脸的玩意。狗头是指他的脸形，像个哈叭狗的模样，猫脸是指他的眼睛有点黄，瞳孔也有点窄长，他的头当时就歇了一半顶，现在大概全歇光了。此人身材不高，但是身上还算有肉。有一点鸡胸，又有一点驼背。我不但认识他的脸，还认识他的屁股，这是因为我那一天早上把他叫起来后，他只好当着我的面穿裤子。他的内裤太破了，就背朝着我。但是后面更破，和没有是一样的。那时我坐下来，一面欣赏他的屁股，一面找到了他的烟叶子，给自己卷一支烟。当时我看见他的屁股，就像个风干的苹果，皱皱巴巴的，还有无数小的黑痣、息肉等等，我想任何狗急跳墙的同性恋者见了都不会动情。李先生背着脸说：给我也卷一根。这个笨蛋，穷到了抽烟叶的地步，却不会卷烟。于是他只好用烟斗来抽，那味道就像狗屁一样。抽到嘴里像狗屁，别人闻着也像狗屁。

有关烟叶子也有很多学问，现在眼看要失传。这种东西二两一包，外观像简装洗衣粉。有一种是白纸上印红字，那是晒烟，抽起来还可以，假如是特级，就是关东烟，比香烟还好。还有一种是绿字，那是烤烟，抽起来就像狗屁。但是狗屁也分级，二级以下烟叶里有草棍、席箔、秫秸秆，不是纯狗屁。李先生的烟叶子是五级的，抽到一半，烟头里掉出一个黑球来，经仔细辨认，是个烧糊了的死苍蝇。为此我还恶心了好半天。

我还能想起不少有关李先生的事情。李先生出门时骑一辆自行车，那辆车可不是一般的自行车，而是一辆匈牙利的倒轮闸。这种车非常少见，甚至比日本鬼子留下的老富士还少见，因为它是五二年匈牙利在北京开博览会时送来的样品。自从到了李先生手里，他就再没有修理过，任凭车上的零件一样样脱落下来。据说有一次车座不见了，李先生就在座管上骑了一段时间，其状就如在受桩刑：疼得龇牙咧嘴、手舞足蹈。后来他痔疮大发，才不得不买了一个旧车座。李先生上车的样子也是十分奇特，他总是推着车向前奔跑，在奔跑中弯下腰，把脚蹬子转到一个特定的角度，然后踏着脚蹬骑上自行车。那种奔跑中矮身转脚蹬的身法，酷似狗撒尿。

李先生和我一样，专干些不能干的事。我干的事是想写小说，经常往刊物投稿，但是总是被退回来，并且不是退给我本人，而是退到党委办公室，附有一封公函，建议对投稿人加强思想教育。但是很少有人真来教育我，因为我是小神经。李先生干的事倒不是写有维多利亚时期风格的小说，而是要研究西夏文。这件事并没有思想意识方面的问题，但他本职工作是个俄文翻译，一研究起西夏文就看不进俄文了。而且他在研究西夏文时，你就是在他眼前放鞭炮他也听不见，这个样子完全不能上班。因此他早早退了职，靠偶尔翻些稿子为生。谁知后来碰见了“文化革命”，取消了稿费，差一点就把他饿死了。李先生因此气急败坏，说过好多大逆不道的话。我听见了这样的话，就这样安慰他：其实这件事也是蛮公平的——为什么只许老天不下雨，饿死非洲的游牧民，就不许中国搞“文化革命”，饿死你这搞翻译的游牧民？何况从现在的情形来看，你到底饿得死饿不死还不一定。但是他还是要继续说些反动话：要是天不下雨，饿死我认了。现在的事是，我又没招了谁惹了谁，有人非要逼我跳火坑。李先生的情形就是这样，我到今天还记得。人活在世界上就像一海绵，生活在海底。海底还漂荡着各种各样的事件，遇上了就被吸附到海绵里，因此我会记得各种事情。

二

那一年我正在山西插队。现在我长得人高马大，相貌凶恶，过去就不是这样。小时候我长得文静瘦弱，还爱和女同学跳猴皮筋。

所以我到山西插队时，我妈就睡不着觉。她以为我连窝头都不会蒸，一定要饿死，假如没饿死，也会被人欺负死。但是只过了一年，我就长了一嘴络腮胡子，活像一个老土匪，而且满嘴都是操你妈。这说明环境可以改变一个人，只要一年就能变得连他的亲妈都认不出来。在乡下时我很少吃窝头，倒常常吃鸡。老乡们说，母鸡见了我就两腿发软，晕倒在地，连被提走了都不叫一声。这当然是过甚其辞。当时我虽然极具男性魅力，却未必能迷倒雌性鸟类。

那一年冬天我原准备在乡下过冬，但是当地正好刮着很厉害的白毛风，烧炕的柴又不够。我们五六个人挤在一个被窝里，身上盖上了所有的大衣。第二天早上起来，发现所有的大衣都从被顶上滚下来，掉到了尿尿的脸盆里，冻成了铁板一块。我们中间没有一个人有勇气不穿大衣就到外面去生火，就在屋里点火把那盆尿煮开，把大衣拿下来。那气味实在是可怕，把我的两只眼都熏坏了。出了这件事以后，大家都不好意思了，谁见了谁都是羞答答，因为六个堂堂的男子汉煮了一锅尿，实在是丢人。这说明我们虽然长得像土匪，脸还是很嫩。约定了谁敢把此事传出去就宰了谁后，我们就各奔东西。我跑回北京来，住在原来住过的地方。那地方原来是一所大学，里面有很多人。当时叫做“留守处”，里面只住了很少几个人。很大的院子里到处是荒草，人们都下干校了。李先生原来也住在这个地方，后来才搬走了。这地方原来每个人都认识李先生。

现在应该说说那天我去找李先生的原委。我从山西跑回来，住在留守处，那院里当时只有大崔一家住。这位大崔原来也是我们的邻居。除此之外，他还是我爸爸的同事，李先生的老同学，长得人高马大，笑口常开，一团和气。大家去下干校，家里还有些东西，是得找个大家都放心的人看着。大崔实在是最合适的人选。他老婆也是我们院的人，所以一起留下来。刚回来我去找他借房子，管他叫崔叔叔，管他老婆叫阿姨。借到了以后就改了口，管他叫大崔，管他老婆叫大嫂。当然这房子不能白住，我也得帮人家干点事，跑跑腿。所以大崔要找李先生，用不着自己去，告诉我一声就得。当时我非常年轻，也没有阳痿病。

我从小就认识李先生。李先生从我小时候就在搞西夏文，而且我们两家过去是邻居，也记不清我第一次见到西夏文时是几岁。所以我后来见到西夏文，也不觉得有什么古怪。那种东西看上去很像汉字，笔画多得叫人头晕，很像是疯子写的，据说除了李先生，世界上没人能够读懂。因为只有李先生能读懂西夏文，所以他有大学问。但是他依然穷困潦倒，这是因为只有他能读懂西夏文，所以他的学问就得不到承认。假如别人能先读懂了西夏文，或许他的学问就有人承认，但是那又不是他的学问了。除此之外，还因为当时在“文化革命”中，北京城八百年的城墙被人拆掉了都没人说个不字，还有谁关心西夏文。除了西夏文，我还记得隔壁李先生那间房子老是烟雾弥漫，李先生的脸色老是那么黄，好像得了黄疸病；李先生对我很凶。后来我才知道，过去李先生最烦有人不打招呼就到他那里串门。但是后来我专到他那里去串门，因为他反正没胆子把我吃了。所谓串门，就是没有事，跑到别人家里去坐着。但是那一天我去找李先生可不是没事，而是要告诉他，有人请他翻译些文件。没有稿酬，只有千字三毛钱的烟茶钱。李先生听了很高兴，马上就跑去了。在大天白日下骑着他那辆古怪车子，身穿着一件再生毛料的古怪衣服（那种料子和麻袋片是一样的），闯到那个原来是大学、当时叫留守处，而且人人认识他的地方去，并不是李先生的一贯作风。这是因为那个院子里现在没有几个人。人多时，李先生总是天黑后才去的。这说明李先生虽然穷困潦倒，依然很面嫩。

我和李先生熟，除了过去在一个院里住过几年邻居，还因为不住邻居后，他还是老找我给他修收音机。李先生有一台里加牌的收音机，那收音机有小柜那么大，非常气派。这说明李先生并不是一贯穷困潦倒，还有过能买起收音机的时候。这家伙晚上睡不着觉，想听听俄语台，但是听不清，就鼓捣他的收音机，胡乱修改线路。直到那收音机惨叫几声再也不响了，他才安心睡觉。李先生会那一点三脚猫的无线电，正好能把响的收音机修到不响。我去给他修收音机时，先要把他自己加上的放大全拆掉。同时还告诫他说，别只想着加放大，这不解决问题。还要想到有干扰：国家留着你的收音机，可不是让你听那些乌七八糟的东西。李先生说，是，是，我不听那些乌七八糟的东西，我只听外语。但是国家不相信李先生只听外语，还以为他要听乌七八糟的东西，所以还是要给他干扰掉。李先生又不相信收音机听不清是因为有干扰，老以为是灵敏度不够，就老往里面加放大。他的手还没有我的脚灵巧，一加就把收音机加死了。然后他就找我来修。这件事循环往复，周而复始。直到邻居揭发李先生偷听敌台，居委会把他的收音机拿走了方才告结束。我去找他那回，他刚刚失去了收音机。李先生见了我就说这件事，同时愁眉苦脸。我就安慰他说：这也好，省得再找我修。我这样安慰过以后，他好像更伤心了。这件事证明了一个道理：萨特先生说得很对，他人是你的地狱。我是李先生的地狱。李先生也是我的地狱：被他捅过的收音机就像个马蜂窝，焊过的线头就像些包锡纸的巧克力球。修完了他那个鬼东西，感觉就像吃了忆苦饭，不但肠胃难受，而且拉不出屎。

李先生走了以后，我在他那间小房子里还待了好久，把他那一罐狗屁烟倒到了桌面上，把里面的死苍蝇、扫帚苗都挑了出来，然后又装了回去。我看了半天李先生的西夏文抄本，挨个数那些字的笔画。后来我从上面撕了一条纸，卷了一根烟，就替他锁上门，回家来了。时隔二十年，我还清清楚楚地记得，我干了哪些事。但是我再也想不起来自己为什么要干那些事。大概这就叫手贱。

三

奶子府六号院里有一棵大槐树，盛夏时节，树上会掉下来数不清的槐蚕，弄得地上好像长满了会爬的草。那些草还会往家里爬。我对那儿的印象很好，因为那里一向邻近大内，街道上都立着禁止鸣笛的牌子，傍晚时分院里静极了。傍晚时分往往是阴天，云彩的颜色有点黄。黑暗凝集在古旧的窗棂上，附着在暗色的树皮上。在院里看天空，就像在水塘的水底，隔着厚厚的透明的水看水面。那院里还有一个个子高高的姑娘，傍晚时分穿一件床单布的大裤衩，赤着脚走来走去。我的视线久久地附着在她身上。朦胧中她是白蒙蒙的一团。久而久之，我的目光就和她的肌肤混为一体了。那是一种冷飕飕的感觉，好像早上的水汽一样。这种感觉真好，可惜过去了。

我们医院旁边有个农贸市场，我常到那儿去买水果。后来那儿的人都认识我了。有人想和我拉近乎，就说，老师傅，你有五十了吧。我听了大怒，强忍着没发作。另一个说，老师傅，你的孩子都上小学了吧？气得我几乎动手打他。照他们看来，人要是活到了五十，又有了上小学的孩子，就算有成就。像我这样没到五十，还没结婚就阳痿的就是 nothing 了。虽然他们是想要拍我马屁，我也不高兴。从那天以后，我再也不去那儿买桃了。从这件事你就可以想象当年别人对李先生的态度，和李先生对别人的态度。当年李先生虽然没有阳痿，但也没老婆。除此之外，他还没工作。大家当然以为他是矮人一等的家伙。平心而论，奶子府六号的街坊对李先生挺好的，又给他介绍工作，又给他介绍老婆。虽然那些工作不过是临时在副食店卖卖咸鱼，那些老婆都是残疾人，但是别人怎能知道李先生读通了西夏文，并且自视甚高呢。大家都觉得给他找个瘸子就是帮了他的大忙了。就是揭发他偷听敌台，也是怕他给街坊上招事，并无恶意。但是李先生对奶子府六号和街坊都深恶痛绝，老想搬出去。大崔找他翻译东西，他就借机搬到我们院，住进了我屋里。这件事当然有冠冕堂皇的理由(要翻的是一些内部文件，带来带去的不好，等等)，那间房子又是大崔借给我的；他能借给我，当然也能借给别人，但我仍然很不高兴。这件事证明我一无所有，连睡觉的地方都是借来的。

我现在依然一无所有，连睡觉的地方也不是我自己的。除此之外，又多了一个阳痿。现在马大夫要用心理疗法来给我治阳痿。所谓心理疗法，就是他反反复复对我说：兄弟，你想开点吧。人活在世界上，就是这一点享受哇。这话不错，但是不是我想不开，是它想不开。不知它听见了没有。

现在该讲讲我们院的情况。我们院是一片房子，除了一些老房子，都是不加掩饰的四方体，甭提有多难看。将来的人看到了这些房子，一定以为我们长着方鼻子、方眼睛。当时院里没人，长满了荒草。还有很多野猫，到了春天就嗷嗷叫。我和李先生、大嫂和大崔住在大门口一排平房里，就算看住了大门，可是别人从后面进来，把楼房的门窗都拆走了。我对那里的印象原来也很好，李先生来了才坏起来。李先生白天翻译文件，晚上也不睡觉，接着搞西夏文。我对此很不满，就坐在桌子对面，对西夏文发表自己的意见。我认为谁使用这种有这么多笔画的文字，就一定是笨蛋。这些笨蛋死了好几百年之后，还有人想把这种文字读出来，一定也是笨蛋。李生生听了一声不吭。然后我又喝李先生的茶。李先生不知从哪里搞来了一些茶砖，都发了霉，喝过以后嗓子疼。我又告诉他，这茶的味道像墨水，真叫难喝。他听了以后还是一声不吭。后来我问他：你说你已经把西夏文读通了，还看这玩意干吗。他说，不看这玩意，还有什么可看的吗？

和李先生同屋时，他告诉我说，他读通的不只是西夏文，还有契丹文、女真文。总之，他读通了一切看上去像是汉字又没人认识的古文字。这些文字有好多苏联人、法国人和中国人想读都没读懂。他认为这件事证明了他比大家都聪明，我认为这件事证明了他有毛病。对于这一点我还给出了证明如下：李先生干出了一件大家都干不出的事，这一点没有问题。这证明了他和大家不一样，这一点也没有问题。但是这种不一样是聪明还是有毛病，还没有定论。既然如此，就应该少数服从多数。大家说你聪明，你就是聪明，大家觉得你有毛病，你就是有毛病。很显然，认为他有毛病的人将是大多数。李先生听了为之语塞。后来他就不和我说什么了。

现在别人也都以为我有毛病，所以很浅显的道理，都要告诉我。但是我也不觉得讨厌，因为我可以举一反三。比方说，马大夫以为我直不起来，是不知道人生在世就是这么一点享受，好比每年冬天只能买三十斤好的冬贮大白菜。他和老婆干事的心境与排队买大白菜时的心境相同。其实我知道一年冬天只有三十斤大白菜，但是我还是直不起来。因为我不是兔子，不那么爱吃大白菜。

李先生住到我房子里以后，大崔就经常来了。他和李先生聊聊天，聊来聊去，总是当年在学校里的那点事，以致我到现在还能记得那些事：他们的学校叫做哈尔滨外专，四八年就成立了。五十年代初期是专门培养高级外语人才的，授课的全是专家，还雇了些老白俄来擦地板。在学校里不准讲中国话，讲一句做二十个俯卧撑。除此之外，还不准吃中国饭，只准吃红菜汤，刚来的吃不习惯，肠胃作起怪来，放起屁来抑扬顿挫，每个屁都在一分钟以上。可惜他们也就美了那么一阵子。后来中苏交恶，这帮家伙全坐了冷板凳。其实李先生还会德文、法文、英文等等，但是咱们当时和那些国家也交恶。李先生说，假如加把油的话，他还能学会柬埔寨文，但是这种文字里有美国炸弹的味道，学会了也不是好饭碗。看起来他们两个老同学很是亲热，其实不是的。李先生背地里告诉我说，大崔真讨厌，尽耽误他的时间。大崔也说过，李先生真讨厌。有一阵子我不明白大崔在搞什么鬼：既然不喜欢李先生，还把他招来干吗？后来才想明白了，这不关大崔的事。招李先生来的，另有其人。现在我很少到我们院去，因为它不再是“我的院”了。现在那里有好多的人，总数在两万六千以上。而在二十年前，偌大的院子里只住了我们四个人，简直就像一座鬼城。我记得那片荒草离离的院子，草棵下面的石子儿和碎玻璃。马路上有好多风吹下来的枯枝，所有房子的门窗都用木条钉死了。住在附近的人有时溜进来发点洋财，倒也不敢偷什么东西。见到哪个厕所没钉死，就进去把三合板都拆走。我常常一个人在院子里漫步，看着风吹来的砂子和碎石若有所思。后来我就在闲逛中碰上了李先生给大崔戴绿帽子。总的来说，这件事很难看。就和在草地上看见两条蛇绕在一起一样。在这种情况下我总是把两条蛇都打死。

四

我现在经常想起李先生，想起我们俩一起逛破烂市，买几毛钱一公斤的废纸边，五分钱一大把的锈笔尖。北京过去有好多破烂市，全称叫做废旧物资门市部，现在没有了。我到那种地方去买便宜电子管和废电容，李先生到那种地方去买散打的过期墨水。墨水这种东西也会腐败，坏了以后比大粪臭好几倍。和李先生住过一个屋以后，北京最脏的公共厕所我也进得去了。

那一年李先生在我们院住了三个月，后来他又回奶子府去住了。其实他是被撵出去的，而且是我和大崔合力才把他撵走。这件事的详情不是我不肯讲，是我现在怎么也想不起来了。也可能推了他，也可能搡了他，甚至打了他，这些都记不得。只记得当时很有正义感。我这一辈子只有那一回有正义感，以后再也找不到那种感觉了。记得雨果说过，凡不可挽回的东西，都不属于人，属于上帝。所以正义感也不属于我，属于上帝。后来街道上把李先生的收音机还给他，等收音机坏了，他还来找我修。混到了那步田地，李先生不大要脸面。

雨果先生还说过：凡人分内所没有的东西都属于上帝。所以像我这样的阳痿病人想娶小孙这样的漂亮姑娘为妻就是冒犯了上帝。上帝他老人家够狠的，把我们管得这么紧。

我和前妻离婚时，听到了一种议论：阳痿根本就是一种思想病。换言之，上面的思想端正了，下面也会端正。人家还说，我一定是面对自己的老婆时想入非非，所以才阳痿。这话不是一点道理都没有的，当年面对我前妻的大裤衩时，我是有过一点古怪想法。如前所述，我自以为有写小说的才能，这种自信不是空穴来风。我的想象力极为丰富，以致我怎么也不敢相信自己的脑袋只有五号钢种锅那么大。在我该对我前妻行周公大礼时，脑子里忽然浮现出二十年前那个冬日骑车去找李先生时所见的情形：那个新婚少妇手提痰桶向我走来，把屎倒在铁箅子上，那个少妇的模样不知为什么，活脱脱就是我前妻。这件事对我 penis 的物理性质大概是有一定的影响，但是要说那就是我阳痿的主因还难定论，因为当时我还在害胃疼。我在山西吃过好几年的土豆和连皮碾的谷子面，那些都是标准的健康食品。但是要是纯吃它们就很伤胃了。结婚那天，我虽然出席了好几个婚宴，但是什么都没吃到，所以到了晚上胃就疼得翻江倒海。在这种情况下，就该和我前妻取个商量。但是她早早地脱了大半衣服上了床，闭着眼睛直挺挺地躺着，脸色潮红，一句话都不肯讲。看到这种情形，我只好关了灯，在她身边躺下睡了。然后的事情我已经说过，她哭起来了。从此后，我的生活就进入了软的时期。

后来我想起当年的事，觉得我前妻不会因为性欲没得到满足就哭了起来。她只是觉得在新婚之夜被弄破处女膜，是她分内当有的东西。只要是分内该有的东西还没拿到，就会引起一种急不可耐的情绪。至于弄破了疼不疼，她就不管了。

李先生有一套二十卷本的汤恩比的历史哲学，我叫他教我英文，他就拿那书来教我，教得我七颠八倒，认识好几万单词，却一点语法都不会。我怀疑他对我破了他的好事怀恨在心，用这个法子来害我。汤先生说：人类的历史分做阴阳两个时期，阴时期的人类散居在世界各地，过着吃了就睡，睡足了再吃，浑浑噩噩的生活。后来人类又到一些河谷平原聚群居住，有了文明，一切烦恼就由此而起。与此相似，我的生活也有硬软两个时期，浑如阴阳两界。软了以后，回想起过去是如此的硬，简直不敢相信我也会有软的时候。

我性情冷漠，不善与人交往，一辈子不认识几个人。也许就因为这个原因，我很怀念那位搞西夏文的李先生。现在他也许还活着，也许死掉了，这都无关紧要。紧要的是我现在终于知道了他为什么撇开了好好的工作不要，去搞西夏文。这还是因为我已经软掉了。假如还在硬着的话，就只能想自己是多么的硬，想不到这类事情。在山西时听过一种地方戏，它发出一种极凄厉的，酷似挨刀断气的声音。听时阴囊兜紧，全部神经都在极大的痛苦中。可是大家都走十几里山路去听它。还有我那位前妻，用不着多么达练人情就能看出，将来她准是个母夜叉。可我过去为之颠三倒四。这种感觉就叫做硬。硬的时候我们急着去要自己分内的那点东西，丝毫不想它是不是自己想要的。等到有了一点自己想要的东西，不管它是署了自己名字的小说，还是西夏文，就已经活到了另一界了。

第三章

一

我和小孙恋爱了一阵，就向领导上交了请求结婚的报告。从那时开始，大家就不再善意地对待我们。首先是登记结婚的证明老也开不来，总是说：这件事你是不是再考虑一下？我们再讨论讨论。实在逼急了，就说：介绍信找不到了，公章找不到了。其次就是开始听到各种闲话。其实应该说，人们开始不再善意地对待小孙。这件事完全是她在办。我说“我们”，不过是表示自己没有完全置身事外。虽然我待在地下室里不出来，但我已经在请求结婚的报告上签了名，并且认真听取了小孙的各种抱怨，就算尽到了责任，别的事我就帮不了忙了。我可以不参加政治学习，不去开会，不去看上级组织的乏味电影，可以尽情胡说八道；这些好处当然是有代价的。这个代价就是我说话别人可以不理会。因此我被叫做小神经。

人家规劝小孙说，你千万不要和王二结婚，他这个人有点说不清。办公室的老太太还对别人说，他们俩的事拖一百年也不怕，反正不会造成人工流产。别人都说，不知我们结婚是要干什么。并且老有人把她叫到僻静处说：孙大夫，你真的要嫁他？你可真把自己看得一钱不值了。小孙说，她感到非常的不好意思，只好摆出一副瘦驴屙硬屎的架势说：我就是爱他嘛。但是晚上却对我说：我爱你个狗屁！除此之外，几乎每个人都要给她介绍对象，包括刚刚从护校毕业的不满二十岁的小护士。因为热心的人太多了，显得她简直像个花痴。假如不马上给她找个男人的话，她就要去和公牛睡觉，生下一个米诺牛来。对于这件事，她没有精神准备，感到惊慌失措。原先她以为结婚像在学校打报告申请实验动物一样轻松，写个报告交上去，然后拎着兔子耳朵到试验室，既可以把细菌打到它耳朵里，也可以把它炖了吃。现在我这九十公斤的公兔子就坐在对面，人家却不给她，可把她气坏了。

小孙告诉我这些事时，都是在晚上。我的小屋里黑洞洞的，所有的灯都没有开，只靠一台示波器的绿光照亮。我不喜欢光亮。她在屋里走来走去，双手插在上衣口袋里。走了几趟以后，忽然对准我的耳朵大叫一声：都怪你！！！我耸耸肩说：阳痿还没治好呢，你别先把我耳朵治聋了。你怪我什么？她想了想说：算了，谁也不怪。不过这件事实在是真他妈的。而且她对我也起了疑心(这都是因为别人说我复杂），老是问：王二，你这人可靠吗？你能肯定自己没有偷过东西，或者扒过女厕所窗户吗？

关于结婚的事，有一点开头我不明白。虽然我有阳痿病，但我还是个男人，起码户口本上是这样写的。群众怎样议论是另一回事，领导上决定问题，总要有个说头吧。这个谜后来马大夫给揭开了。他说他是康复科的主任，可以参加院务会，会上听见大家说，我有二十年工龄、十年院龄，加上中级职称；小孙又是本院的人。我们俩一结了婚，就是本院的双职工夫妇。其结果是婚后必须分给我们房子，这不是太便宜我们了？房子必须分给真正要结婚的人，而真正要结婚的人就是不管给不给房子都会结婚。他对我说这些话时，显出一副自己人的样子。但是我也不是傻瓜，一听就知道是上面有人叫他来传话。别看平日称兄道弟，但他不是自己人。所以我对马大夫说话用上了对领导说话的口吻：既然我们是为房子结婚，就别分我们房子了。他说，那是不可能的事。够了条件怎能不分哪。于是我就说，那就分我们房子吧。他又说，这也不成。你们想要房子就有房子，岂不是太便宜你了。想要房子的不能让他得房子，没想要的倒会得房子，这才符合辩证法。假如批了你们结婚，领导上会落入违反辩证法的困境。唯一的办法就是不批准。我对马大夫说，其实我们真的不想要房子。您可以把我们俩都绑起来上电刑。假如我们在严刑拷打下说了是要房子，就别批准我们结婚。他说你又来了，到精神科去看看吧。说完就走了。

有关分房子的事，我还有一点补充。我们医院只要分一套房子，全院都要搬家。这是因为院长分到了一间四室一厅搬进去，剩下三室的给科主任。科主任搬进去，两间一套让给主治医师；余类推，一直推到看门的老大爷。因此很多人的箱笼捆上以后就不打开了，一心一意等待搬家和再搬家，十冬腊月宁可穿着毛衣硬扛，也不开箱子找大衣；所以我们医院结了婚的少妇比没结婚的姑娘显得漂亮，冬天在室外只穿一件毛衣，一个个是那么苗条可爱。但是现在小神经和小孙要从主治医师的层次插进去，打乱搬家的路线，就激起了公愤。

那天下了班之后小孙到我这里来，眼睛都哭红了。原来领导也找她谈了，让她端正态度。她说道：为房子结婚，我是这样的人吗？王二，我不想和你结婚了。但是我还是要给你治阳痿病。我对小孙的想法一点也不理解。为房子结婚不是挺光明正大的吗？总比为性交结婚好听多了。但是我没有说这话，只是说，那就算了。你也别给我治什么病了。回去睡你的觉吧。她说，不行，听你的说法，我倒像个卑鄙小人了。我要陪你坐会儿。我说，你爱坐就坐吧。这时候我想起我表哥说过的话：人活在世界上，假如你想要什么，就没有什么。这就叫辩证法。所以假如你真想要什么的话，就别去想它。他说，他当年考不上大学，就是因为太想考上大学了。假如早懂了辩证法，就不会遇到这种不幸。我在大学里虽然学过辩证法，回回都是补考才及格的。而且那些任课教师总是这样讲：让你及格，我是昧了良心的。

二

晚上我一个人待着时，总喜欢头戴立体声耳机。这样我虽然一个人待在角落里，却与外面的世界取上了联系，可以听见各种声音，人家却听不见我；好像我从地下室往外看，看到了各种各样的人的脚，他们却看不见我一样。现在屋里有一个人，再也不能这样干了。为此我宁愿终身阳痿下去，也不愿有个人在我眼前转。这是因为她在我面前走动的样子，就像养貂场到了喂食的时间，铁笼子里那些貂一样。从人的角度来看，貂除了打盹的时候，都是神经病发作。假如人的行为像一条貂，那就更像神经病了。所幸她也有走累了的时候，那时候她也要坐下来歇歇腿。

那天晚上我和小孙并排坐在一张床上，头上戴着立体声耳机。我开始反省我们俩之间的事，我知道，我们之间的关系就要完了，以后她也不会来看我，不会给我打饭，也不会趴在对面的木板床上算账了。这让我感到伤心，我真的很想要她，想把她留在我身边。这也许是因为，我以为她是一个自己人吧。现在自己人是越来越少了。由于有了这样的想法，就违背了辩证法。

当年李先生说，自从创世之初，世界上就有两种人存在，一种是“我们”,还有一种是“他们”。现在世界上仍然有这两种人，将来还是要有这两种人。这真是至理名言。这两种人活在同一个世界上,就是为了互相带来灾难。过去我老觉得小孙是“我们”,现在我才发现,她最起码不是个坚定的“我们”,甚至将来变成“他们”也不一定。但是我不想说惹她生气的话,就闭上眼睛听广播。广播里正在劝女孩子们不要戴无纺布衬里的尼龙乳罩，因为无纺布的衬里会渗到她们乳房的导管里去，将来生了孩子没有奶。以前我不知道女孩子的乳房是像锅炉一样的设备，里面有很多管子，并且容易堵塞。于是我问小孙：你戴什么样的乳罩？她回答说：尼龙的，无纺布衬里，将来没有奶。这不要紧，反正牛奶很便宜。原来她和我一样，正在听广播，并且听着一个台。后来我又有口无心地问道：你穿什么样的裤衩？她又说道：尼龙绸的。想看看吗？我说不了。后来她猛地跳了起来，一把从我耳朵上摘掉了耳机，对我大叫道：王二，你的毛病我找到了。你是淫物狂！这叫我很不高兴。不把事情问明白了就大呼小叫，简直是讨厌！

有关裤衩的事是这样的：以前我结过一次婚，新婚之夜，我一看见我前妻那条皱皱巴巴的大裤衩，就不行了。这件事本不是没有挽回的余地，但是我前妻却大哭起来。引得丈母娘、大姨子都跑来了，问我：你什么意思吧。我妹妹可是个黄花闺女。叫她们这么一吵，我当然是越来越不行。最后终于离了婚。离婚之前我前妻还在医院哭闹了好几场，让大家都知道我不行，搞得我灰头土脸。但是对此我很能理解。她必须让大家都知道是我不行，而不是她有什么不好。小孙听了大笑说：我不穿大裤衩。咱们来试试吧。我苦笑一下说：还是别试为好。这件事现在对我已经很严重了。

晚上我翻书时，耳朵上老架着耳机。耳机里有很多人说话，多数是女的。这些声音很不一样。有的声音很干脆，很紧凑。顺着那声音看去，可以看到一张小巧、湿润的嘴，紧凑高耸的胸膛和平坦的肚子。因为是和这些紧凑的东西共振，所以声音也紧凑。再往下看，就看到一条黑色尼龙绸的内裤。这也是一件紧凑的东西。但是顺着某些故作甜蜜的声音看去，就看到了肥大的鼻甲，身上的零件也松膪膪。再往下看，就是一条床单布的大裤衩，这东西也松膪膪。共振起来也就松松垮垮。除了这些区别，还有一些主观上的东西。有些广播员尽力让声音紧凑，所以说话有一点艰涩。另一些人讲话松松垮垮，一张嘴就是一大串，全是傻话。声音里传来的性有两种，一种讨人喜欢，还有一种叫人讨厌。以前我不懂这一点，所以结了一次婚。结果是使我只能欣赏广播里的性了。

三

后来我再想起小孙决定不和我结婚的事，也能够理解了。因为自从她和我表演了恋爱以后，软和硬这两个字就不再是物理名词，而归她专有了。工会分柿子，别人就这样对她说：小孙，来一点吧，软的。或者说，这个你准不喜欢，太硬。其实我们都决定要吹了，但是小孙还是老往我这里跑。别人也看不出我们要吹，还是说那些没咸淡的话。我告诉她说，讲这些话的都是些工友，是很朴实的人，别和人家当真，但她还是耿耿于怀。终于有一天，她在食堂里拿豆腐泼了大师傅一脸，然后哭着跑到地下室来，说道：快跟我走，什么也别问。待会儿我叫你揍谁，你就揍谁。我跟着她跑上去，到了食堂里，见到一大群人。保卫科的人全来了，这也吓不倒谁。我可以直取目标，扭住他的领子。不管付多大的代价，都要把他的脸打烂。问题就在于找不到目标。过了一会儿，院长书记都来了，叫我们到办公室去解决问题。原来肇事的大师傅觉得在哪里都不能保证安全，已经跑到党委办公室去了。听说他事后对别人说：我真是晕了头啦，怎么就忘了地下室还有一个小神经！

那天的事“我们”大获全胜，给“他们”以沉重打击。大师傅被泼了一脸油汤，还要写检查。其实他不过说了一句：孙大夫，来一点豆腐吧，软的。这些话并不过分，不过是拾别人的牙慧，没有一点自己的发明。但是小孙已经火透了，就如一只骆驼，驮了好几百公斤，最后因为再加一根草的分量倒下了。

这样处理领导上并非情愿，但是该大师傅很怕我，主动提出要写检查（后来他说，我要是被小神经打了，那还不是白打）。所以院长决定说我们几句：你们两个同志也真是的。都受过高等教育，是知识分子嘛，怎么也干这种哗众取宠的事情？他这些屁话还没说完，我的目光就如两道冷电在他脸上扫了一下，把他后半截的话扫回去了。书记来打圆场说：其实你们俩要结婚的事并不是没商量的，你们不要做不理智的事情。我就叫起来：谁说我们要结婚？他们听了都说，不结婚就对了。其实我们不是不准你们结婚，一套房子也能给得起。我们只不过是希望你们多考虑。小孙马上又叫道：谁说我们不要结婚？院长就说：今天就谈到这里，你们回去冷静一下吧。

出来以后我问小孙：咱们不是说好了不结婚的吗？何不借此机会当众宣布一下？她说，咱们俩是说好了，但是没必要告诉他们。他妈的，结婚是咱俩的事，别人管得着吗？回到地下室里，想起没吃午饭，豆腐也泼了，赶紧在电炉上下挂面。吃完了，坐在光板床上晒太阳。吵了这么一架之后，吃饱了再一晒，就困了。小孙说，王二，你的胸围怎么这么大？我告诉她说是拉拉力器拉的。她说以后她也要拉健身器了。然后她打个呵欠说，太困了。我枕着它睡一觉，你没意见吧。说完她就枕着我的胸口睡着了。

那天下午小孙枕着我胸口睡觉的事是这样结束的：她一觉睡到了快天黑，双手还圈住了我的腰，使我一动也不能动。我只剩了一只左手能动，就用左手掏出烟来吸。还有一件事使我感觉不便：她的头发又轻又软，经常跑到我嘴里来，我又要不停地把它吹开。所幸后来她终于醒了，爬起来伸了个懒腰说，真舒服呀！好多天没睡好觉了。做了好多的梦，全和工地有关系。每个梦里都有打桩机。醒来才知道，是你的心在跳。你这里太好了。我要搬下来住。我听了没言声，因为她不是个自己人。我不欢迎她来住。过了一秒钟她又说，我干吗不搬下来住呢？这就去搬！

后来她真去把铺盖搬下来了，这件事连我都觉得像发疯。但是她说自己一点也没有疯，不过是想气气“他们”。于是她占领了对面的木板床，还带来了无数的毛巾，半干的小衣服，挂得满天都是。现在我在屋里走动，就要在三角裤底下经过了，这肯定要给我带来晦气。但是我一声也没吭。她要怎么干就怎么干吧，谈了小半年的恋爱，也该有这点交情。我不能像“他们”那样小气。

晚上睡觉前，我们又聊了一会儿天，谈到今天和大师傅打架。她说，从早上起就开始窝火了。早上她到病房时，看见有几个护士在交头接耳，传递某东西。她就走过去问：发什么好东西哪，不给我？那些护士一起笑得打跌道：东西倒是好东西，但和你没关系，你用不着。假如世界上没有王二其人，她马上就能想到，这是已婚的护士们在分发避孕工具。那样她就会红着脸走开，或者说一句：臭美什么？恶心死了。但是世界上有我这个人，所以老有人在她背后窃窃私语，她就气昏了头，劈手就抢（这孩子手快极了，她说她在大学里打过垒球，是接球手），结果抢到手一大把避孕套。那些护士就说：抢什么？告诉你了，你用不着。小孙一瞪眼说：你怎么知道我用不着？再给我一把，要大号的！

睡觉以前小孙说了一声：王二，往这边看。我抬头一看，发现她只穿了胸罩和裤衩站在地下，皮肤很白，胳臂腿很细，胸罩和裤衩都是黑色尼龙绸的。等我看完了以后，她就钻进了被窝，就着台灯看一本书。但是我还不能睡。我还要拉一百下拉力器，做一百个俯卧撑。这是因为我已经很胖了，如果不锻炼，很可能会死于高血压和心脏病。小孙说我练得不对，这样只会越练越肥。但是我没理她。在这些事情上，我有我的一定之规。她就这样在我房间里住下了。

四

第二天一早我就起来拉拉力器，把弹簧撞得当当响。小孙在床上迷迷糊糊地说：你别这么抽疯好不好，让别人也睡个懒觉。但是我不理她。谁让你到我这里来住的？于是她就揉起眼睛来，那架势活像是猫洗脸；然后坐起来，在被窝里穿上衬衣，又伸出腿来，穿上袜子，就光着腿下地，拿了脸盆去打水。出了门又鬼叫一声被吓了回来，大概是看到了门口那个标本缸，觉得陌生吧。就这么折腾了一早上，我始终没有理她。后来她对我说：王二，你好像不高兴了。我说我总是这样的。她又说，不结婚的事你别往心里去。我是说着玩的。我始终是意志坚定地要嫁给你。我就说，我可真的有阳痿病。她又说，有关治阳痿的那些话你也别往心里去。我闹着玩哪。我说，那我就不知道你要嫁我干什么了。她说：我知道你好多事，要不要我一一讲出来？我把拉力器扔下说：不用了。咱们一块去吃早饭吧。这时我再不以为小孙是小娃娃，以为她是个自己人了。

我十七岁时参加过北京市的数学竞赛，在复赛里得了八十来分。这件事本来是有点好处的，可以保送上什么大学数学系，但是后来我什么也没落着。小孙知道这件事。我告诉她，少提这件事。我现在对数学没有兴趣，而且连数都快不识了。我现在干的事是翻译 *Story of O*，已经译到第三遍了。有些地方拿不准，就托人找老外问。有一次问到一个法国 lady 头上，她向我赌咒说，从来也没听说过这本书。没听说过就没听说过吧，赌咒干吗？虽然如此，我还是字斟句酌地译着。我干这件事，是因为我相信作者有极大的才气，还因为这本书不可能出版。假如一本书有可能出版，那么“他们”也会去译，并且会争到打破头，因为有稿费。但是假如一本书既没有稿费，也不可能出版，我们不译谁译？小孙看了我的译稿，说道：王二，你要是去干翻译，准是一把好笔。但是你干吗要翻这种书？连我这妇科大夫看了都要脸红，人家能给你出吗？我说，我根本就不想出。她说，不想出译它干吗？我没接她的茬，因为这不是我们的逻辑。再说下去就是灾难。但我也不能说，你在给我带来灾难。这样说她就会给我带来更大的灾难。

好多年前，我也说过这样的言论。那是在李先生的小屋里，抽着李先生的狗屁烟，喝着李先生的狗尿茶（那是用过期发霉的茶砖泡的），我在给李先生修他的狗屎收音机，一边修一边数落他。他听了不好意思，就埋头去看西夏文了。就在这时候我说：李先生，你看这玩意干吗？能当饭吃吗？他听了没理我。再问时就说，不能当饭吃。我又问：那你搞它干吗？有人请你搞它吗？他再没吭声，就和没听见一样。对无聊的问题是否充耳不闻，这是“我们”和“他们”的分水岭。我听了小孙的话一声不吭，去拉了二十下拉力器，然后坐下来继续翻书。自从她搬进来以后，我的胸部越来越像两块门板了。小孙看着我拉拉力器，伸出一只手指抹抹鼻子，然后问：我说了什么错话了吗？我答道：没有。她听了要哭了：王二，你有什么话说哇。这么闷着干吗？我就说：一本书，你看看它写得好不好，译得好不好就得了。害臊干什么。听了这话，她开始为自己的卑鄙言论惭愧了，就说：刚才那句话算我没讲好不好？拜托了。

小孙住到我房里半个多月了，我对她秋毫无犯。虽然如此，我对她的行止也略有所知。她像只猫一样，喜欢钻被窝。一进了被窝就要把乳罩摘下来，挂在床头上，于是它就挂在那里晃晃荡荡，活像一副大号太阳镜，这使我很受刺激。她对我解释说，这东西就像缰绳一样。然后就把被子拉到下巴上看书，灯光把她的侧影照亮，我看了也很受刺激。她睡着了灯也不关，而我是有一点亮也睡不着——以前并不是这样的，所以经常半夜里起来去关灯。夜里经过她的床头，听见她轻轻的鼻息，也很受刺激。对此我很不满，和她说过一次。她回答道：你也抽烟哪，我也没有抱怨你，不是吗？一边说，一边瞪着眼睛看我，看了这个样子，我也很受刺激。我要是说，这是我的房子，那就是卑鄙的言论。所以我只好拉了一条线，把她的开关装到了我这边。要是看到她睡了不关灯，我就给她关上。此后半夜里经常听见她自言自语地说：这王二真讨厌，这不是逼着我犯错误吗！然后她就下了床，到我这边开灯来了。感到了她赤裸胸膛上传来的热气，我也很受刺激，只好紧闭着眼睛。现在我不但阳痿，还多了个失眠的毛病。我经常打呵欠，说晚上睡不好。我一打呵欠，她也跟着打呵欠，并且说：你以为我就睡得好吗？这件事证明了一点，在我和小孙之间，性的感觉等价于咖啡因，它的作用就是让人睡不着觉。

我和小孙之间，有好多话还没说。我翻译 *Story of O*，不是因为它能让妇科大夫脸红，而是因为它是好的。这世界上好的东西岂止是不多，简直是没有。所以不管它是什么，我都情愿为之牺牲性命。我不知这话她是不是爱听。但是我知道还有一句话她肯定爱听，就是我觉得她也是好的。但是我没办法告诉她。人家不问我，我就讲不出话。所以我是小神经。

第四章

一

春天来到时，我把 *Story of O* 又译了一遍，仔细校对了一遍，觉得译得很好，看不出任何败笔，就把它收了起来。干完了这件事,暂时又找不到别的事可干,就和小孙出去玩。在城里逛了一天，又在小饭馆里吃了晚饭，回来时天完全黑了。走进地下室的走廊里，她忽然窸窸窣窣地脱起衣服来，在一片黑暗中，我看到一个白色的模模糊糊的影子，然后又闻到了越来越浓烈的香水味。夜里四外的楼上都开着灯，所以眼前的走廊里有很多的白方块，就像是白漆涂成。小孙走到那些方块里去，马上就变得浑身闪闪发光，而对面的标本柜上就会出现一个白色的影子。她就这样从一个个方块里走过去，在标本柜上留下了一个又一个影子。与此同时,门口的地下留下了蝉蜕似的影子。那些衣服扔在地下杂乱无章，好像是肢解了的人形。我把那些衣服捡起来，小心翼翼地跟在她后面，避开窗口照进来的灯光。仿佛我一贯是这样做的似的。

在每一块灯光里，小孙都回过头来朝我笑笑。那些人造月光照得她浑身惨白。这种感觉好像在做梦一样。有时候她像是要伸个懒腰一样，把手向上伸起来，但又不完全是伸懒腰，因为她把身体弯向一侧，笑得很开心。我觉得这不像真的，所以不打算把它当真。但是我也感到一种冲动，要把鼻子伸入捧着的衣服里。那些衣服散发着香味，尚有余温。这种冲动就像狗想闻东西一样。

走到房间里以后，小孙就径直钻进了被窝，一会儿就睡着了。我把她的衣服放在床头，回到自己床上，好久都没睡着。第二天早上起来以后，她不提起这件事，好像这件事只是她一时冲动，或者昨天晚上她在梦游一样。我也不便提起这件事。全当它没有发生。我想女人都有一种冲动，要把自己脱光。

中午小孙告诉我说，她们科主任找她谈话，问她为什么要到我房间里住。小孙就反问一句道：你们为什么不准我们结婚？那老太太就期期艾艾答不上来。于是小孙提高了嗓子高叫起来：既然我们俩结婚是有其名，无其实，纯粹是为了骗房子；现在住到一起，又无名，又无实，又不要房子，你管这个干吗。这一嚷嚷闹得全科都能听到。那老太太着了慌，委委屈屈地说：孙大夫，我求求你，不要这样，我这个科主任也不是我自己乐意当的。那口气好像是自己受了强奸一样。干完了这件事，小孙觉得兴高采烈，得到了很大的满足，跑下来告诉我说，她又打了个大胜仗，并且要和我接吻以示庆祝。这孩子嘴里有薄荷味，大概是常嚼口香糖。她还把舌头伸到我嘴里来了。吻完以后，她打了个榧子道：French kiss！就扬长而去，回去上班了。但是我整个下午都不得安生，想着她裹在白色牛仔裤里的屁股，细长的两条腿和白色的护士鞋。除了屁股圆和腿长，她还有不少好处，包括给我打饭，和在熄灯以后陪我聊天，没的聊时就说和我阳痿有关的事。我们在一起，经常玩两种游戏，一种是情人的游戏，一种是医生和病人的游戏。到了前一种玩不下去时，就玩后一种。

晚上我和小孙聊天时，她从被窝里钻出来，盘腿坐在被子上。这时候她背倚着被灯光照亮的墙。我看她十分清楚，那一头齐耳短发，宽宽的肩膀，细细的腰，锁骨下的一颗黑痣，小巧精致的乳房。乳头像两颗嫩樱桃一样。我也坐起来，点上一根烟，她眼睛里就燃起了两颗火星。我们俩近在咫尺，但是仿佛隔了一个世纪，有了这种感觉，什么话都可以说了。她问我，她长得好看吗？我说：很好看。她就说：真的呀。

我和小孙谈这些事时，她的床在窗口射入的灯光中，我的床在阴影里，我们住的地方就像阴阳两界。这叫我想起了我自己的生活，它也有阴阳两界。在硬的时期我生活在灯光中，软了以后生活在阴影里。在这一点上，我很像过去的李先生。只是我不知道李先生是不是也阳痿过。

二

当年我问李先生，西夏文有什么用，他只是一声也不吭。后来他告诉我说，他根本不想它有什么用，也不想读懂了以后怎么发表成果。他之所以要读这个东西，只是因为没有人能够读懂西夏文。假如他能读懂西夏文，他就会很快乐。读不懂最后死了也就算了。后来他的晚景很悲惨，因为他终于把西夏文读通了，到处找地方发表，人家却不理他。因为他不是在组织的人，是个社会闲散人员。还因为当时对西夏文已经有了五六种读法，都读得通。李先生说，他的读法最优越，但是没人理他。后来他就把自己保留多年的西夏文拓片、抄本等等都烧掉了，到处去找工作，终于当上了一个中学教员。再以后就得了老年痴呆症。我算了算，李先生那会儿也有五十六七，到了该得这种病的年龄了。最后一次我见到他，他已经不认识我了。

在我的硬时期，总有一个女人是我的意淫对象。有一年冬天我的意淫对象就是大嫂，她当时是个大个子中年女人，两条大辫子。在那个时期，她那个年龄的女人留辫子，可有卖俏的嫌疑。大嫂的脸也很长，下巴稍有点翘。当时我觉得下巴翘一点好，比较俏皮。脸白白净净的，有点浅麻子。一天到晚老在笑，好像缺心眼的样子。

作为意淫的对象，她的屁股太大，腰也比较粗，这都是美中不足的地方。但是她老是笑嘻嘻的，弥补了体形的不足。我想象她做爱时也是这样笑嘻嘻，这会让我激动不已。

小孙说我简直是个下流坯。她希望我永远阳痿下去。但是说了这些话之后，她又承认这样说不对。她说她是医生，我是病人，医生不该说病人是个下流坯。现在我们又玩起了那种医生和病人的游戏。她问我那个大嫂是谁，我告诉她说，是我们院大崔的太太。她又问，什么院，什么大崔。这个话说起来就长了。我从小住在一所大学里，因为我的父母都是该大学的教师。大崔和大嫂是比我父母小十几岁的另一对教师，是我们的老邻居。而且大崔和大嫂都认识李先生，他们是老同学。这件事的背景就是这样。

我给小孙讲过：那一年冬天我去找李先生，其实就是奉了大嫂之命。大嫂和我说起这件事前，她正蹲在水管前面洗带鱼。而和我说这事时，她站了起来，身上穿了一件红色的套头毛衣，里面衬了一件蓝格子的浅色衬衣。我看到她脖子上有了几道皱纹，下巴也有一点两层的意思，但是大嫂还是蛮好看的。她对我说，让我去找李先生，让他来一下，有件事情可以照顾到他。我听着这些话，眼睛却在她胸口上看。在毛衣底下，她乳房的样子还是蛮好看，只是略微有点下垂了。就在这时候，她用洗鱼的手在我脸上抹了一把，说道：看什么看！快干你的事去。她这种满不在乎的口吻很使我 turn on。

小孙对我说，她也是很不在乎的。这种口吻很难说是医生对病人的口吻。这种口吻使我很紧张。好在她马上换了一种口吻说，好啦，讲你的大嫂吧。那天她叫你去找李先生，到底是为了什么？

其实那件事没有什么重要性。大嫂让我告诉李先生，有一批材料要翻译。没有稿费，但是有一点烟茶费，每千字三毛钱。这就是说，你翻译了一千个字，可以抽一支好香烟，或者喝一杯好茶。就是不抽好烟，这笔钱也是太少了。但是李先生答应了干这个活。不但如此，他还以取稿子方便为名，搬到了我们院，住到了我的房间里。这件事我已经讲过了。现在我怀疑，每千字三毛钱，就是对李先生也太少了。当年李先生接下这个活，动机根本就不纯。

比这还糟糕的是，大嫂和李先生开始在我眼皮底下幽会起来。见了面就接吻，手还不老实，李先生那对前蹄老从大嫂的毛衣底下伸进去。我一看见这种景象，就咳嗽不止。大嫂听见了，就说：小王，你好不好回避一下？我们俩玩哪。当时我真是恨得牙根痒痒。大嫂孩子都老大的了，还这么不自觉，老要玩。而且李先生又老又难看，和他有什么好玩？要玩可以和我玩嘛。除了这些讨厌之处，李先生还得了不睡觉的毛病，白天和大嫂鬼混，翻译稿子，夜里还不忘看他的西夏文，二十四小时连轴转。像他那么大岁数的人怎么会有这么大的鬼精神？

有关大嫂的情形，还有不少可以补充的地方。据说她一贯搞破鞋，年轻时就因为和苏联专家有不正当的关系，被开除了团籍。结了婚以后，还是乱七八糟。大崔也管不了她，只能要求她对丈夫好，对孩子好，在饭菜里别下耗子药。李先生在院里时，大崔气得要命，要打她。她也是满不在乎：要打你就打，只别打脸，打哪儿都成。可以用擀面杖，不准用火钩子——动铁为凶！

大嫂对我说，她爱上李先生了，甘愿为他牺牲性命。我以为大崔要和她离婚了，但是大崔没提这个事。他告诉我说，大嫂经常会爱上谁，甘愿牺牲性命也有好几回了，但是她到现在还活着哪。

只要我肯耐心等待，没准大嫂也会爱上我，甘愿为我牺牲性命。但是我最缺的就是耐性。我绝对不会像李先生那样搞了二十多年西夏文，最后变成一个白痴。我搞什么事都是要么不干，要么立竿见影。

三

我和小孙聊天，经常聊到一半，她就说：今天聊到这里吧。再晚睡明早上查房起不来了。然后就钻进被子睡着了。当个住院医师实在辛苦，有时候白班，有时候夜班，睡觉的时间老是不够。小孙的眼窝常常发青，她问过我是不是该涂眼晕。我说你想涂就涂好了，我没什么意见。她说岂有此理，涂眼晕就是涂给你看，你居然没了意见！看到别人忙忙叨叨，我经常感到惭愧，因为我老觉得可干的事情太少。翻完了 *Story of O*，就再也找不到像这样的书了。但是我也不能像“他们”一样，去干没意思的事情。我们的人在这种时候，往往是去证明一个定理，或者发明一个体系。比方说，费尔马和爱因斯坦干的事就是这样。但是去证明一个定理往往会掉进陷阱里——有些定理可能没有证，遇上了一辈子都会陷在里面。而发明一个体系则谈何容易。想来想去，只有写小说比较有把握。但是自打认识了小孙，我就一个字也没写过。我写的小说，她每一页都要看，这就破坏了我的写作情绪。想想吧，昨天刚写出来的东西，今天就成了谈资，那是多么叫人厌烦。剩下只有一件事可干，那就是睡觉。

后来我又想把李先生和大嫂的事讲给小孙听，但是她不肯听，说道：我知道，大嫂爱上了李先生，这就结了吧？讲点别的吧。其实那个故事还长得很。用大嫂的话来说，一次爱情就像吃一个巧克力壳的冰棍。开头是巧克力，后来是奶油冰激凌，最后嘴里剩下一个干木棍。我所讲的李先生，连巧克力壳都没化呢。但是小孙不肯听。她说与其听你这些胡说八道，不如到外面去看死人。说完她真的从床上爬了起来，拿了手电，到走廊上去了。

我想给小孙讲的事，包括夜里李先生和大嫂在一块坐着念俄文诗，叽叽嘎嘎，听得人好不心烦。那时候我躺在灯影里，大棉被也挡不住那些卷舌音。这时候我只好想象自己是土耳其苏丹，带了队伍征讨俄罗斯草原。逮住了讲这种话的人，就让他们脑袋瓜子朝上，屁眼朝下，坐在削尖的木棍上。还有他们俩唱一个俄文歌，叫做“嘎嘎林”。一边嘎嘎，一边亲嘴，就像斗鸡一样；听了叫人头大如斗。后来他们听我咳得那么厉害，也有点不好意思，到外面去找地方了。但是那已经是开了春后的事。在此之前，他们一直是在我面前表演。开了春以后，我们院子里就开始闹猫，天一傍了黑，它们就开始哀号。我总怀疑里面也有李先生和大嫂的一份。据说母猫的那玩意里长了倒刺，公猫插进去，就像插进了蝎子窝一样，疼得拼命嚷嚷。不知李先生和大嫂是不是这样。

我想给小孙讲的事还包括，那一年春天特别暖，晚上外面刮着黑色温暖的风，那种风就像一条深不可测的暖水河，叫人见到它就想脱光了衣服跳下去。用不着别人告诉我我就知道，这条河就是未实现的性欲。现在我心里就流着一条这样的暖水河。我要干的事不过是把这件事说一说。

小孙刚出去时，我很上火。因为我想让她听我讲话，但是她却跑了，把我扔在突然到来的寂寞里。我在地下室里住了十年，原本最能忍受寂寞，现在却受不了啦。

寂寞是我的选择，正如在地下室里离群索居是我的选择一样。在我看来，寂寞就是可以做一切事的自由，这是因为你做什么都没人知道，或者知道了也不理会。所以我能够翻译 *Story of O*，李先生能够读西夏文。自从我割断了对女人的单恋，寂寞就真正归我所有。寂寞纯黑如夜，甜蜜如糖，醇如酒。

但是现在我却受不了寂寞了，因为它不再是过去那个样子，既不黑，也不甜了，而是惨烈如白昼。

我坐在床上发了一会儿愣，忽然想起小孙出去半天了，我该去看看她。一推门看见门口堆了一堆衣服，原来现在她身上什么都没穿。我赶紧回去拿了件大衣，顺着灯光赶了去，看见她正趴在标本柜上，高举手电，正往死人眼窝里看哪。我叫道：你疯了，要冻死呀！她却头也不回地说：你别管我。

后来我把她裹在大衣里，抱回屋里去，一直抱到了我床上。在黑暗里摸到了大衣前襟上是湿的，又赶紧去拿手巾给她擦脸，还用那种眼泪鼻涕一块擦的手法。然后我又给她揉揉脚。她带着哭声说：别的地方也得揉揉。于是我就往上揉去。从膝盖往上开始有鸡皮疙瘩，她浑身都冷透了。我赶紧哄她几句：算了，我不讲那些无聊故事了。

她说：和故事无关。你得爱我！

我说：我爱我爱。这时正好揉到腰上，她趁势就钻了过来抱住我。我拿大衣把她包上，放在腿上，好像个大包裹。我和小孙恋爱就是这样的。

四

我和小孙之间带有性意味的接触是这样开始的：我的手从大衣前襟里伸进去，把她那两个小小的冷冰冰的乳房摸了一遍；与此同时，她的手也从衣襟里伸出来，揪住了我的耳朵，定好了位，来和我接吻。这两件事干好了，我又把大衣裹好，把她裹成个铺盖卷，放在膝盖上，又拿被子给她搭上腿。她在这个铺盖卷里宣布说，她现在很幸福，可以听我讲李先生和大嫂的事了。她还说，刚才不幸福，那件事就不能听，因为它属于幸福的范畴。我告诉她说，李先生现在是个大傻子，一天到晚只会摇头。大嫂是个老太太，头发掉了多一半。她说她不管这个。反正我最后也要变成老年痴呆，她也要变成老太太，这些都没什么，这些都能受得住。受不住的事是现在想要幸福却不能幸福。原来她的幸福就是被摸上一遍，再打成个铺盖卷，我既有手，又有打铺盖卷的材料，就可以给她幸福。这件事听了让人放心。我接着给她讲有关李先生的事，一讲到猫儿叫春，她就喵喵地叫唤。但是一点不像猫儿叫春，倒和一般的猫叫很像。小孙的行为通常就像一只猫，这里就包括了喜欢钻被窝，喜欢被包裹起来。但是猫就不会长雪白的小屁股和圆嘟嘟的乳房。

后来我又给她讲李先生的故事。我们院子有一片待拆的危楼，我常到那里去转转，看看有么可拆的，结果就碰上了他们两个给大崔戴绿帽子。但是不是当面撞见，是在对面一座门窗都没了的破楼里。李先生他们待的也是一座破楼，也没有门和窗子，他们所在的地方比我待的地方矮半层。我看到的时候，大嫂的衣服都躺在地下了，摆得倒像个人似的。她只穿了皱巴巴的针织背心和床单布的大裤衩，跪在地下铺报纸。李先生的样子更难看，他脱得精赤条条，正在摆弄自己的那玩意。那玩意更难看，半直不直的样子，完全看不得。

但是小孙却说，这也没什么看不得，人家相爱嘛，什么东西都能拿出来摆布。像这类的话，她早就听说了。前些日子她申请结婚时，有一些护士大姐吓唬她，什么话都说出来了。比方说，女孩子结婚时都要过一关，就像猪要挨杀一样。要是快刀子热水，死了也就完了。就怕碰上了钝刀子、软刀子，想死都死不了，那才叫难受哪。还有人说，遇上丈夫不成，就得拿手给他弄，后来就像摆布了死人，洗八遍手也去不了那股恶心劲。小孙说，那些话一点也吓不倒她，因为她是大夫，死人都敢摆布。她又说，让我摆布一下你好吧？也许能把你的阳痿治好呢。我说：算了，不好意思。她说有什么不好意思的？我都让你摆布了。这时候我闭上眼睛，小孙那双小手就出现在眼前。指甲老是剪得那么短，并且洗得老是那么白。这双手拿东西有个特别的样子，比方说，转个旋钮，从来不去抓，而是用侧握的姿势。拿个东西也是很用力，很仔细的样子。把自己交到这样的手里，大可以放心。所以我想了半天终于下定了决心，说道：好吧。待会儿可别埋怨我。她说，绝不会的。咱是这样的人吗？

我想，假如女人都像小孙那样好说话，世界上就不会有阳痿的人了。但是我前妻就不是这样，她心情激动，满脸通红，上了新床就躺倒了像个死人。全身绷得甚紧，以致我把自己想象成一支打井队，要在地层上钻眼。但是我做这种对比，丝毫没有挖苦前妻的意思。不管怎么说，是我阳痿嘛。小孙说，你别紧张，就当咱们俩在一块吃个桃。这是因为咱们好嘛。她还帮我脱衣服。然后我平躺下，她一只手握住了我的把把说：王二，家伙很大呀。我告诉她说，这是马大夫用铅锤拉的，原来没这么大。等到她伸手兜了我几下，那东西就膨胀起来。于是她又说：你这就叫阳痿呀！我说平常我是阳痿的，今天也不知怎么了。她说，你说这话就叫没良心了。什么叫"也不知怎么了"？这是因为我呀！

干这事时，小孙骑在我身上。也不知是为什么，开头很艰难。她一面从牙缝里吸凉气，一面说：刚才哭过，影响了情绪，里面很干。我觉得也是很干，就说，要不算了吧。她说：哪能算了。你不懂，老实躺着吧。于是我就闭上了双眼，一动也不动。后来就湿了，也进去了。从这时开始，我就不算是个阳痿病人。她向前俯下身子，我伸出手来抚摸她。我摸她的脸，那张白白净净的小脸就出现在我眼前。我甚至看到了她脸上有几粒雀斑，是我以前没看见的。像我这样的人，一点也不怕变成瞎子。睁着眼能看见的，闭上眼我都能看见。

后来我又把手放到她肩上，大拇指和食指触到了她的脖子。她脑后那些乌黑的发根就进入我脑海里了。我最爱雪白皮肤上那些乌青的发根了。今后我可以尽情地亲近那些乌青的发根，这是一个很美好的前景。我的手还可以伸到这个小小的身体的任何地方，但是我不想那么做，我就想停留在现在这个地方。

后来她把身体俯得更低了，这时我能感到她呼出的热气。等到事情完了，她在我身边躺下时说道：咱们俩同时达到了性高潮，这很重要。我问为什么重要？她说这样我也不必为你服务，你也不必为我服务，性生活谐调，好呗。我想，要是能搂着她睡一觉，那就更谐调了。谁知她是那样的不老实，睡了没有五分钟，就撩开被子坐起来，说道：你等我一会儿。就从我身上跨过去跑掉了。

五

那天晚上，我和小孙做完爱，她跑到自己床上去了。过了一会儿，她拿了一面小镜子回来，坐在我身上，拿了手电，往自己胯下照。然后她又转过身来，跨住了我的上半身，用手电照着说：你看。我抬头一看，看见她的帝王将相和图谱上画的有点不同，是一副血肉模糊的惨状。我吃了一惊，说道：怎么了？她从我身上下来，钻进被窝说：你干的好事呗。

后来小孙把头贴在我胸口上，我都快睡着了，猛然想起她说过自己不是处女，禁不住说出了口：不对呀。她马上就扬起头来说：什么不对什么不对。口气相当凶。我说我想起一本小说。她又问什么小说什么小说。我说，《法国中尉的女人》，那里面有个莎拉，干过你这种事。她就说，你真混。我想这样说是揭了她的疮疤，就不说了。正要睡着，她又把我推醒，说道：告诉你，以前我干过一回，谁知他干得这么不彻底。我说噢。然后我又问：你告诉我这个干吗？她说：我告诉你这个，免得你太臭美！

但是那天晚上我们到此还没有睡。她又跳起来说，等我一会儿。然后她又往腿上套裤子。我问她要干什么，她说上楼去，找人看看。我说这么厉害？我陪你去。她愣了一会儿，然后说道：那太好了！你也不能一点良心都没有，是吧？

后来我陪她到了妇科病房，把值班大夫叫了起来。但是我没敢到放着妇科椅子的房间里去，待在外面，听见她在里面说：王二那个家伙，一只手都握不住！真是疼死我了！等到出来以后，我问她：既然如此之疼，你怎么不告诉我呀？她又说，没那么疼，骗她们呢。这我就不懂了，好好的骗人家干吗。她说：笨蛋，申请结婚，要房子呀。有房子不要，便宜他们吗？

果然到了第二天中午，马大夫就来找我传话说，让我们到楼上去拿介绍信，领导上批准我们结婚了。他又对我谈了一阵辩证法，但是我没听。我知道领导上的打算：因为涉及到了房子，所以要控制已婚人数，原则上不批准结婚。但是假如不批准就要引起非法的性交，那就批准，因为两害相衡取其轻。马大夫还说，想调小孙去康复科搞科研，治疗阳痿。因为她居然能把我的顽症治好，显然是很有办法。后来小孙真的调过去了。科研工作比门诊、病房都轻松多了。她到康复科去给阳痿病人的妻子办学习班，讲 Masters 和 Johnson 那套方法，只不过是用中国式的术语——什么握、捏、捺、按、抹、勾、挑、弹八法，听上去就非常难懂了。

后来我和小孙结了婚，住在两间一套的房子里。开头每天都干，后来每三天干一次，现在是每礼拜干一次，因为我毕竟是四十三岁了。小孙扬眉吐气，走到院子里都趾高气扬。因为她自以为无比性感，连阳痿病人见了她都不阳痿了。

从此以后，寂寞再不归我所有。这有好处，也有不好处。走进了寂寞里，你就变成了黑夜里的巨灵神，想干啥就干啥，效率非常之高。你可以夜以继日地干任何事，不怕别人打断，直到事情干成。但是寂寞中也有让人不能忍受的时刻，那就是想说话时没有人听。

现在我不再拥有寂寞了。我的事非常之多。我既然不阳痿，也就没有理由神经。没有了这两项毛病，就得上楼去开会。除此之外，我又成了中年业务骨干，什么仪器都得修了。除此之外，还得念念英文，准备到美国去接仪器。院长对我说，咱们医院懂电子的人太少了，你的病好了，就得多干点。还听说他对别人说：这套房子给得不亏！除此之外，我现在已经混迹于“他们”之中了，说话做事都得特别小心。除此之外，回家还要应付小孙。除了背熟她身上的全部性敏感带，还要背熟她感情上的敏感带，才能讨到她的欢心。我和小孙结婚的事就是这样的。现在我们还住在一套房子里，有时还干那件事，但是已经谈到过离婚的事。我们医院不批准我们离婚，并且说：早就识破了我们想再骗一套房子的狼子野心。所以我们还在一起住。但是小孙说：她不能白给我做饭，我得给她洗裤衩。

我现在和小孙做爱时，岂止是温存，简直是恭敬得很。我还告诉她说，我觉得她是好的，这世界上好的东西不多，我情愿为之牺牲性命。她说她很爱听这句话。但是她又说，我休想因为这句话逃掉洗裤衩的家务劳动。她还说：吾爱王二，吾更爱有人洗裤衩。这话是从柏拉图的名言“我爱苏格拉底，我更爱真理”变化而来，但就是柏拉图，也绝不肯给苏格拉底洗裤衩。

小孙告诉我说，她是个女权主义者。所以用不着我告诉她，她就知道自己是好的。当时她到地下室去找我，就是向我证明这个。她所以要和我离婚，倒不是不喜欢我，而是要和我分清楚一点。这个小家伙现在又给我上课，不过不是讲纪晓岚，而是讲薄伽丘（!），“从前有个教士告诉一个木匠说，他骑的母马，晚上就会变成女人和他睡觉……”一听就叫人脑仁疼。这是《十日谈》里那个装马尾巴的故事，不过又被她讲了个七颠八倒。

现在你买一本《十日谈》，里面就没有那个故事了。这肯定是因为这个故事比其他故事编得都好。小孙说，这个故事说明了“你们男人一个好东西都没有”，因为我们想的是让她们白天变成马去干活，晚上又变成女人陪我们睡觉。我就是这样倒霉，前半辈子阳痿，后半辈子又娶了女权主义者为妻。但是我没有再次阳痿的打算。我认命了。

* 载于 1994 年第 3 期《青年作家》杂志。

未来世界

自序

有些读者会把《未来世界》当做一部科幻小说，我对此有些不同意见。写未来的小说里，当然有很多属于科幻一类，比如说威尔斯的很多长篇小说，但若把乔治·奥威尔的《一九八四》也列入科幻，我就不能同意。这是因为科学技术的发展在《一九八四》中并不是主题。我们把写过去的小说都叫做历史小说，但卡尔维诺的小说《我们的祖先》里，也毫无真实历史的影子。有一些小说家喜欢让故事发生在过去或者未来，但这些故事既非对未来的展望，也非对历史的回顾，比之展望和回顾，他们更加关注故事本身。有了这点区别，我们就可以把奥威尔和卡尔维诺的作品从科幻和历史小说中区别出来，这些作品可以简单地称之为小说。我想，这个名称就够了。

我喜欢奥威尔和卡尔维诺，这可能因为，我在写作时，也讨厌受真实逻辑的控制，更讨厌现实生活中索然无味的一面。假如说，知识分子的责任就是批判现实的话，小说家憎恶现实的生活的某一方面就不成立为罪名。不幸的是，大家总不把小说家看成知识分子。起码，和秃顶的大学教授相比，大家总觉得他们不像些知识分子。但我总以为，这样的想法是不对的。

敏锐的读者可能会说，我写这些无非是要说明，我写的是小说，我是知识分子。我的用意就是如此。有种文艺理论以为，作品应该“源于生活，高于生活”，但我认为，起码现实生活中的大多场景是不配被写进小说里的。所以，有时想象比摹写生活更可取。至于说到知识分子，我以为他们应该有些智慧，所以，在某些方面见解与常人是不同的。我是这样想的。至于《未来世界》能不能使读者体会到这些想法，就不是我所能知道的了。

一九九五年四月二十七日于北京

【上篇】

我的舅舅

第一章

一

我舅舅上个世纪（二十世纪）末生活在世界上。有件事我们大家都知道：在中国，历史以三十年为极限，我们不可能知道三十年以前的事。我舅舅比我大了三十多岁，所以他的事我就不大知道——更正确的说法是不该知道。他留下了一大堆的笔记、相片，除此之外，我还记得他的样子。他是个肤色黝黑的大个子，年轻时头发很多，老了就秃了。他们那个时候的事情，我们知道的只是：当时烧煤，烧得整个天空乌烟瘴气，而且大多数人骑车上班。自行车这种体育器械，在当年是一种代步工具，样子和今天的也大不相同，在两个轮子之间有一个三角形的钢管架子，还有一根管子竖在此架子之上。流传到现在的车里有一小部分该管子上面有个车座，另一部分上面什么都没有；此种情形使考古学家大惑不解，有人说后一些车子的座子遗失了，还有人提出了更深刻的解释——当时的人里有一部分是受信任的，可以享受比较好的生活，有座的车就属于他们。另一部分人不受信任，所以必须一刻不停地折磨自己，才能得到活下去的权利，故而这种不带座子的自行车就是他们对肛门、会阴部实施自残自虐的工具。根据我的童年印象，这后一种说法颇为牵强。我还记得人们是怎样骑自行车的。但是我不想和权威争辩——上级现在还信任我，我也不想自讨没趣。

我舅舅是个作家，但是在他生前一部作品也没发表过，这是他不受信任的铁证。因为这个原故，他的作品现在得以出版，并且堆积在书店里无人问津。众所周知，现在和那时大不一样了，我们的社会发生了重大转折，走向了光明。——不管怎么说吧，作为外甥，我该为此大为欢喜，但是书商恐怕会有另一种结论。我舅舅才情如何，自然该由古典文学的研究者来评判，我知道的只是：现在纸张书籍根本不受欢迎，受欢迎的是电子书籍，还该有多媒体插图。所以书商真的要让我舅舅重见天日的话，就该多投点资，把我舅舅的书编得像点样子。现在他们又找到我，让我给他老人家写一本传记，其中必须包括他骑那种没有座的自行车，并且要考据出他得了痔疮，甚至前列腺癌。但是根据我掌握的材料，我舅舅患有各种疾病，包括关节炎、心脏病，但上述器官没有一种长在肛门附近，是那种残酷的车辆导致的。他死于一次电梯事故，一下子就被压扁了，这是个让人羡慕的死法，明显地好于死于前列腺癌。这就使我很为难了。我本人是学历史的,历史是文科；所以我知道文科的导向原则——这就是说，一切形成文字的东西，都应当导向一个对我们有利的结论。我舅舅已经死了，让他死于痔疮、前列腺癌，对我们有利，就让他这样死，本无不可。但是这样一来，我就不知死在电梯里的那个老头子是谁了。他死时我已经二十岁，记得事。当时他坐电梯要到十四楼，却到了地下室，而且变得肢体残缺。有人说，那电梯是废品，每天都坏，还说管房子的收了包工头的回扣。这样说不够“导向”——这样他就是死于某个人的贪心,而不是死于制度的弊病了。必须另给他个死法。这个问题我能解决，因为我在中文系修了好几年的写作课，专门研究如何臭编的问题。

有关历史的导向原则，还有必要补充几句，它是由两个自相矛盾的要求组成的。其一是：一切史学的研究、讨论，都要导出现在比过去好的结论；其二是：一切上述讨论，都要导出现在比过去坏。第一个原则适用于文化、制度、物质生活，第二个适用于人。这么说还是不明白。无数的史学同仁就因为弄不明白栽了跟头。我有个最简明的说法，那就是说到生活，就是今天比过去好；说到老百姓，那就是现在比过去坏。这样导出的结论总是对我们有利的；但我不明白“我们”是谁。

我舅舅的事情是这样的：他生于一九五二年，长大了遇上了“文化革命”，到农村去插队，在那里得了心脏病。从“导向”的角度来看，这些事情太过久远，故而不重要。重要的是他后来怀才不遇，作品发表不了。这时候他有四十几岁，独自住在北京城里。我记得他有一点钱，是跑东欧做买卖挣的，所以他就不出来工作。春天里，每天下午他都去逛公园，这时候他穿了一件黄色灯芯绒的上衣，白色灯芯绒的裤子，头上留着长长的头发。我不知道他常去哪个公园，根据他日记的记载，仿佛是西山八大处，或者是香山一类的地方，因为他说，那是个长了一些白皮松，而且草木葱茏的地方。我舅舅的裤子膝盖上老是鼓着大包，这是因为他不提裤子。而这件事的原因又是他患过心脏病，假如束紧裤带就会喘不过气来。因为这个原故，他看上去很邋遢。假如别人知道他是个大作家，也就不会大惊小怪，问题就在于别人并不知道。他就这样走在山上的林荫道上，并且从口袋里掏出一支香烟来，叼在嘴上。这时候路上没有人，只有一位穿蓝色大褂的男人在扫地。后者的视线好像盯在地上，其实不是的。众所周知，那个公园的门口立着一块牌子，上书：山上一级防火区，禁止抽烟，违者罚款 × 元。这个 × 是一变数，随时间增长。我的一位卓越的同事考证过，它是按几何级数增长。这种增长除了体现了上世纪对防火的重视，还给受罚者留下了讨价还价的余地。那位穿蓝工作服的朋友看到我舅舅掏烟就心中窃喜，因为我舅舅不像会讨价还价的人，而且他交了罚款也不像会要收据。我舅舅叼着烟，又掏出一个打火机。这使扫地工的情绪激动到了极点。但是他打了一下，没有打出火，就把火机放回口袋，把香烟放回烟盒，往山下走去，而那位扫地工则跟在他身后。后者想到，他的火机可能出故障了，就想上前去借给他一盒火柴，让他点着香烟，然后把他捉住，罚他的钱；但是这样做稍嫌冒昧。我舅舅在下山的路上又掏了好几次烟，但是都没打着火。最后他就走出公园，坐上公共汽车，回家去了。那位工友在公园门口顿了顿笤帚，骂他是神经病，他也没有听到。据我所知，我舅舅没有神经病。他很想在山上抽烟，但是他的火机里既无火石，也没有丙烷气。他有很多火机，都是这样的。这都是因为他有心脏病，不敢抽烟，所以把烟叼在嘴上，虚打一下火，就算是抽过了。这样做有一个好处，又有一个坏处。好处是他可以在一切禁止吸烟的场所吸烟，坏处是吸完以后的烟基本保持了原状，所以就很难说他消费了什么。他每个星期天必定要买一盒香烟，而且肯定是万宝路，每次买新烟之前，旧烟就给我了。我当时正上初一，虽然吸烟，但是没有烟瘾；所以就把它卖掉。因为他对我有这种好处，所以到现在我还记得他。美中不足的是，这个老家伙喜欢用牙来咬过滤嘴，我得用单面刀片把牙咬过的地方切掉，这种短香烟卖不出什么好价钱。他已经死了多年，这种香烟的来源也断绝了很多年。但是我现在很有钱，不需要这种香烟了。

二

以上事实又可以重述如下，我有一位舅舅，穿着如前所述，一九九九年某日，他来到西山上的一座公园里。当时天色将晚，公园里光线幽暗，游人稀少。他走到山路上，左面是山林，故而相当黑；右面是山谷，故而比较明亮。我舅舅就在右面走着，用手逐根去攀细长的灯杆——那种灯杆是铁管做的。后来他拿出了香烟，叼在嘴上，又拿出了打火机，空打了两下；然后往四下看了看，转身往山下走。有一个穿黑皮夹克的人在他身后用长把笤帚扫地，我舅舅经过他身边时，打量了他一下，那人转过脸去，不让他看到。但是我舅舅嗅到了一股麝香味，这种气味在上个世纪是香水必有的气味。我舅舅觉得他不像个扫地的人，天又晚了，所以我舅舅加快了脚步。但是他听到身后有脚步声，这当然是那位身穿黑皮夹克的扫地工跟上来了。在这种情况下，走快了没有用处，所以他又放慢了脚步，也不回头。走到公园门口时，忽然听到个浑厚的女中音在身后叫道：站住！我舅舅就站住了。那个穿黑皮夹克的人从暗处走了出来，现在可以看出她是个女人，并且脚步轻快，年龄不大。她从我舅舅身边走过去，同时说道：你跟我来一下。这时候我舅舅看了一眼公园的大门，因为天黑得很快，门口已是灯火阑珊。他很快就打消了逃跑的主意，跟着那个女人走了。

刚才的一段就是我给我舅舅写的传记，摘自第一章第一节。总的来说，它还是中规中式，看不出我要为它犯错误，虽然有些评论家说，从开头它就带有错误的情调和倾向。凭良心说，我的确想写个中规中式的东西，所以就没把评论家的话放在心上。众所周知，评论家必须在鸡蛋里挑出骨头，否则一旦出了坏作品，就会罚他们款。评论家还说，我的作品里“众所周知”太多，有挑拨、煽动之嫌。众所周知是我的口头禅，改不掉的。除此之外，这四个字还能带来两分钱的稿费，所以我也不想改。

我舅舅有心脏病，动过心脏手术，第一次手术时，他还年轻，所以恢复得很好。后来他的心脏又出了问题，所以酝酿要动第二次手术。但是还没等去医院，他就被电梯砸扁了。这只是一种说法。另一种说法是：因为医院不负责任，第一次心脏手术全动在胃上了。因为这个原故，手术后他的心脏还是那么坏，还多了一种胃病。不管根据哪种说法，他都只动了一次手术，胸前只有一个刀疤。除了这个刀疤之外，他的身体可称完美，肌肉发达，身材高大，简直可以去竞选健美先生。每个星期天，他都要到我们家来吃饭。我的物理老师也常来吃饭，她就住在我们家前面的那栋楼，在家里我叫她小姚阿姨。这位小姚阿姨当时三十岁刚出头，离了婚，人长得非常漂亮，每次她在我家里上过厕所后，我都要抢进去，坐在带有她体温的马桶上，心花怒放。不知为什么，她竟看上了我舅舅这个痨病鬼——可能看上了他那身块儿吧。我舅舅心脏好时，可以把一副新扑克牌一撕两半，比刀切的都齐，但那时连个屁都撕不开。除此之外，他的嘴唇是乌紫的，这说明他全身流的都是有气无力的静脉血。在饭桌上他总是一声不吭，早早地吃完了，说一声：大家慢慢吃。把碗拿到厨房里，就走了。小姚阿姨举着筷子说道：你弟弟很有意思。这话是对我妈说的。我马上加上一句：他有心脏病。我妈妈说：他准备过段时间去做手术。小姚阿姨说：他一点不像有病的人。要是有机会，想和他聊聊。我妈说：他倒是很有意思的一个人，只是有点腼腆。我说：他没工作，是个无业游民。小姚阿姨说：小鬼，乱插嘴，你该不是嫉妒吧。我妈就笑起来。我就离开了饭桌。后来听见她们嘀咕，我妈说：我弟弟现在恐怕不行。小姚阿姨说：我对那事也不是太感兴趣。我妈就说：这件事你要多考虑。我就冲过去说：对！要多多考虑，最好别理他。小姚阿姨就说：这小子！真的爱上我了！我说：可不是吗。我妈就说：滚蛋！别在这里耍贫嘴。我走开了。这是依据前一种说法，也就是我所见到，或者我舅舅日记里有记载的说法。但是这种说法常常是靠不住的，故而要有另外的说法。

另一种说法是这样的，小姚阿姨就是那个穿黑皮夹克的女人，但是在这种说法里，她就不叫小姚阿姨了。她在公园里叫住了我舅舅，把他带到派出所去。这地方是个灰砖的平顶房子，外形有点像厕所，所以白天游人多时，常有人提着裤子往里闯。但是那一次没有游人，只有一个警察在值班，并且不断地打呵欠。她和他打过招呼后，就带着我舅舅到里面去，走到灰黄色的灯光里。然后就隔着一个桌子坐下，她问道：你在公园里干什么？我舅舅说：散步。她说：散步为什么拿打火机？我舅舅说：那火机里没火石。没火石你拿它干吗？我舅舅说：我想戒烟。她说：把火机拿给我看看。我舅舅把火机递给她，那是一个很普通的塑料打火机，完全是透明的，而且是空空荡荡的一个壳子。现在好像是没有问题了。那个女人就放缓了声调说：你带证件了吗？我舅舅把身份证递了上去。她看完以后说：在哪儿上班？我舅舅说：我不上班，在家里写作。她说：会员证。我舅舅说：什么会员证？那女人说：作协的会员证。我舅舅说：我不是作协会员。她笑了：那你是什么人呢？我舅舅说：你算我是无业人员好了。那女人说：无业？就站起来走出屋去，把门关上了。那个门是铁板做的，“哐”的一声，然后稀里哗啦地上了锁。我舅舅叹了口气，打量这座房子，看能在哪里忍一夜，因为他以为人家要把他关在这里了。但是这时墙上一个小窗口打开了，更强的光线从那里射出来。那个女人说道：脱衣服，从窗口递进来。我舅舅脱掉外衣，把它们塞了过去。她又说：都脱掉，不要找麻烦。我舅舅只好把衣服都脱掉，赤身裸体站在鞋子上。这时候她可以看到一个男人强健的身体，胸腹、上臂，还有腿上都长了黑毛。我舅舅的家伙很大，但悬垂在两腿之间。这房子里很冷，他马上就起了一身鸡皮疙瘩。于是他把双手交叉在胸前，眯着眼睛往窗口里看。后来他等来了这样一句话：转过身去。然后是：弯腰。最后是：我要打电话问问有没有你这么个人。往哪儿打？平心而论，我认为这种说法很怪。上上下下都看到了，有这个人还有什么问题吗？

三

根据前一种说法，小姚阿姨用不着把我舅舅带到派出所，就能知道他身体是什么模样，因为我们一起去游过泳。我舅舅穿一条尼龙游泳裤，但是他从来不下水，只是躺在沙滩上晒太阳。他倒是会水，只是水一淹过了胸口就透不过气，所以顶多在河里涮涮脚。小姚阿姨穿一件大红的尼龙游泳衣，体形极棒。美中不足的是她不刮腋毛，露出腋窝时不好看。我认为她的乳房很接近完美的球形，腹部也很平坦。不幸的是我那时瘦得像一只小鸡，没有资格凑到她身边。而她总爱往我舅舅身边凑，而且摘下了太阳镜，仔细欣赏他那个大刀疤。众所周知，那个疤是一次针麻手术留下的。针麻对有些人有效，但对我舅舅一点用处都没有。他在手术台上疼得抖了起来，当时用的是电针，针灸大夫就加大电流，最后通的几乎是高压电，把皮肉都烧糊了，后来在穴位上留下了和尚头顶那种香疤，手术室还充满了烧肉皮的烟。据我妈说，动过了那次手术之后，他就不大爱讲话。小姚阿姨说，我舅舅很 cool，也就是说，很性感。但是我认为，他是被电傻了。他最喜欢说的一句话就是：是吗？这话傻子也会说。那时候小姚阿姨快决定嫁给他了，但我还没有放弃挑拨离间的打算。等到我和她在一起时，我说：我舅舅毛很多。你看得见的就有这么多，没看见的更多。他不是一个人，完全是张毡子。小姚阿姨说：男子汉大丈夫，就该有些毛。这话伤害了我的自尊心，我当时没有什么毛，还为此而自豪，谁想她对这一点评价这么低。我就叹口气说：好吧，你爱和毡子睡，那是你的问题。她听了拧了我一把，说：小鬼头！什么睡呀睡，真是难听。这件事发生在上世纪末，用现在的话来说，叫做万恶的旧世纪。不管在什么世纪，都会有像小姚阿姨那样体态婀娜、面目姣好的女人，性情冲动地嫁给男人。这是人间最美好的事。不幸的是，她要嫁的是我舅舅这个操蛋鬼。

谈到世纪，就会联想到历史，也就是我从事的专业。历史中有一小部分是我经历过的，也就是三十年吧，占全部文字历史的百分之一弱。这百分之一的文字历史，我知道它完全是编出来的，假如还有少许真实的成分，那也是出于不得已。至于那余下的百分之九十九，我难以判断其真实性，据我所知，现在还活着的任何一个人都不能判断，这就是说，不容乐观。我现在正给我舅舅写传记，而且我是个有执照的历史学家。对此该得到何种结论，就随你们的便吧。我已经写到了我舅舅被穿黑皮夹克的女人带进了派出所，这个女人我决定叫她 F。那个派出所的外貌里带有很多真实的成分，这是因为我小时候和一群同学到公园里玩，在山上抽烟被逮住了，又交不出罚款来，就被带到那里去了。在那里我掏出我舅舅给我的短头香烟，对每一个警察甜蜜地说道：大叔请抽烟。有一个警察吸了一根，并且对我的前途做了一番预言："这么点年纪就不学好，长大了一定是坏蛋。"我想这个预言现在是实现了，因为我已经写了五本历史书。假如认为这个标准太低，那么现在我正写第六本呢。那一天我们被扣了八个钟头，警察说，要打电话给学校或家长让他们来领我们，而我们说出来的电话号码全是假的。一部分打不通，能打通的全是收费厕所——我把海淀区收费厕所的电话全记住了，专供这种时候用。等到放出来时，连末班车都开走了，就叫了一辆出租回家。刨去出租车费，我们也省了不少钱，因为我们五个人如果被罚款，一人罚五十，就是二百五，比出租贵二十五倍，但是这种勤俭很难得到好评。现在言归正传，F 搜过了我舅舅的衣服，就把它们一件一件从窗口扔了回去，有的落在我舅舅怀里，有的落在地上。但是这样扔没有什么恶意。她还说：衬衣该洗了。我舅舅把衣服穿上，坐在凳子上系鞋带，这时候 F 推门进来。我舅舅放下鞋带，坐得笔直。除了灯罩下面，派出所里黑色很多，F 又穿了一件黑夹克。

纳博科夫说：卡夫卡的《变形记》是一个纯粹黑白两色的故事。颜色单调是压抑的象征。我舅舅和F的故事也有一个纯粹黑黄两色的开始。我们知道，白色象征着悲惨。黄色象征什么，我还搞不大清楚。黑色当然是恐怖的颜色，在什么地方都是一样的。我舅舅坐在F面前，不由自主地掏出一支烟来，叼在嘴上，然后又把它收了起来。F说，你可以抽烟。说着从抽屉里拿出一盒火柴扔给了他。我舅舅拿起火柴盒，在耳边摇了摇，又放在膝盖上。F瞪了一下眼睛，说道："唪？"我舅舅赶紧说：我有心脏病，不能抽烟。他又把火柴扔回去，说了谢谢。F伸直了身子，这样脸就暴露在灯光里。她化过妆，用了紫色的唇膏，涂了紫色的眼晕，这样她的脸就显得灰暗，甚至有点憔悴。可能在强光下会好看一点。但是一个女人穿上了黑皮夹克，就没有人会注意她好看不好看。她对我舅舅说：你胸前有块疤。怎么弄的？我舅舅说：动过手术。她又问：什么手术？我舅舅说：心脏。她笑了一下说道：你可以多说几句嘛。我舅舅说，十几年前——不，二十年前动的心脏手术。针刺麻醉。她说，是吗？那一定很疼的。我舅舅说，是很疼。谈话就这样进行下去。也许你会说，这已经超出了正常问话的程度，但是我舅舅没有提出这种疑问。在上个世纪，穿黑皮夹克的人问你什么，你最好就答什么，不要找麻烦。后来她问了一些我舅舅最不愿意谈的问题：在写什么、什么题材、什么内容等等。我舅舅都一一回答了。后来她说道：想看看你的作品。我舅舅就说：我把手稿送到哪里？那个女人调皮地一笑，说道：我自己去看。其实她很年轻，调皮起来很好看。但是我舅舅没有看女人的心情，他在想自己家里有没有怕人看见的东西，所以把头低得很低。F见他不回答，就提高了嗓音说：怎么？不欢迎？我舅舅抬起头来，把他那张毫无表情的脸完全暴露在灯光下。他的脸完全是蒙古人的模样，横着比竖着宽。那张脸被冷汗湿透了，看上去像柚子一类的果实。他说自己的地址没有变，而且今后几天总在家。

我舅舅的手稿是什么样子的，是个很重要的问题。一种说法是用墨水写在纸上的，每个字都像大写的F一样清楚。开头他写简体字，后来变成了繁体，而且一笔都不省。假如一个字有多种变体，他必然写最繁的一种，比方说，把一个雷字写四遍，算一个字，还念雷。后来出他的作品时，植字的老要查康熙字典，后来还说：假如不加发劳务费，这活他们就不接。我给他校稿，真想杀了他，假如他没被电梯砸扁，我一定说到做到。但这只是一种说法。另一种说法是他的手稿是用牛奶、明矾水、淀粉写在纸上的，但是这些密写方法太简单、太常见了。拿火烤烤、拿水泡泡就露底了。我还知道一种密写方法，就是用王水溶化的金子来写。但是如此来写小说实在是罪孽。实际上不管他用了什么密写方法，都能被显出来，唯一保险的办法是什么都不写。我们现在知道，他没有采用最后一种办法。所以我也不能横生枝节，就算他用墨水写在了纸上吧。

四

现在传媒上批判《我的舅舅》，调门已经很高了。有人甚至说我借古讽今，这对历史学家来说，是最可怕的罪名。这还不足以使我害怕，我还有一些门路，有些办法。但我必须反省一下。这次写传记，我恐怕是太投入了。但投入的原因可不是我舅舅——我对他没什么感情。真正的原因是小姚阿姨。小姚阿姨当时正要成为我舅妈，但我爱她。

夏天我们到河边去游泳时，我只顾从小姚阿姨的游泳衣缝往里看——那东西实在严实，但也不是无隙可钻，尤其是她刚从水里出来时——所以很少到水里去，以致被晒脱了好几层皮，像鬼一样的黑。小姚阿姨却晒不黑，只会被晒红。她觉得皮肤有点痒时，就跳到水里去，然后水淋淋地上来，在太阳底下接着晒。这个过程使人想到了烹调书上的烤肉法，烤得嗞嗞响或者起了泡，就要拿出来刷层油或者是糖色。她就这么反复炮制自己的皮肉，终于在夏天快结束时，使腿的正面带上了一点黄色。我对这些不感兴趣，只想看到她从水里出来时背带松弛，从泳衣的上端露出两小块乳房，如果看到了就鼓掌欢呼。这使她每次上岸都要在肩上提一把。

提了以后游泳衣就会松弛下来，连乳头的印子都没有了，这当然是和我过不去的举动。她走到我身边时，总要拧我一把，说道：小坏蛋，早晚我要宰了你。然后就去陪我舅舅。我舅舅总是一声不吭，有时候她也腻了，就来和我坐一会儿，但是时时保持警惕，不让我从她两乳之间往里看；并且说，你这小坏蛋，怎么这么能让人害臊。我说：我舅舅不让人害臊？她说不。第一，我舅舅很规矩。第二，她爱他。我说：像这么个活死人，你爱他什么？不如来爱我。她就说：我看你这小子是想死了。假如姚老师爱上初一的男生，一定是个天大的丑闻。她害怕这样的事，就拿死来威胁我。其实我也知道这是不可取的事，但还是觉得如此调情很过瘾。

我舅舅被F扣在派出所，在那里坐了很久。值班的警察伸着懒腰跑到这间房子里来了一趟，斜着眼睛打量了他一眼，说道：这家伙干什么了？他以为我舅舅是个露阴癖，还建议说，找几个联防队员收拾他一顿，放走算了。F说：这一位是个作家。警察耸耸肩说，这就不是我们管的事了。他又说：困了，想睡会儿。F说，那就睡去吧。警察说：这家伙块头不小，最好把他铐起来。F说：怎么能这样对待人家呢。警察就说：那我也不能去睡。出了什么事，我可负不起责任。F就从抽屉拿出一副手铐来，笑着对我舅舅说：你不反对吧？我舅舅把双手并着一伸。那位警察拿了铐子，又说：还得把他鞋带松开，裤带抽掉。我舅舅立刻松掉鞋带，抽掉裤带，放在地上。于是那位警察给他戴上手铐，捡起皮带往外走，嘴里还说：小心无大害。F说道：把门带上。现在房间里只剩了他们两个人了。

现在该说说我自己长大以后的事了。出于对未遂恋情的怀念（小姚阿姨是学物理的），我去考了北大物理系，并且被认为是自北大建校以来最具天才的学生，因为我只上到了大学二年级，就提出了五六个取代相对论的理论体系。当然，让不让天才学生及格，向来是有争论的。等到本科毕业时，我已经不能在物理学界混了，就去考北师大的历史研究生。众所周知，时间和空间是理论物理研究构想的对象，故此学物理的人改行搞历史，也属正常。我以第一名的成绩考上了，或者按师姐师兄们的话来说，掉进了屎（史）坑，后来以一篇名为《始皇帝嬴政是阴阳人》的论文取得了博士学位，同时也得到了历史学家的执照、一张信用卡，还有一辆新车的钥匙。除了那张执照，其他东西都是出版公司给的，因为每个有照的历史学家都是畅销书作家。这时候小姚阿姨守了寡，每个周末都给我打电话，让我去，还说：阿姨给你做好吃的。我总是去的，但不是去吃东西（我正在减肥），也不是去缅怀我舅舅，而是给她拿主意。第一个主意是：你的弹性太差了，去做个隆乳手术吧。第二个主意则是叫她去整容。每个主意都能叫她痛哭一顿，但是对她有好处。最后她终于嫁到了一个有钱的香港商人，现在正和继女继子们打遗产官司。不管打赢打输，她都将是个富婆。这个故事的要点是：学物理只能去当教师，这是世界上最倒霉的差事；当商人的老婆就要好得多。当小说家也要倒霉，因为人家总怀疑你居心叵测；当历史学家又要好得多。还有一个行当是未来学家，不用我说你就能想到这也是好行当。至于新闻记者，要看你怎么当。假如出去采访，是坏行当。坐在家里编就是好行当。用后一种方法，最能写出一片光明的好新闻。

我舅舅和F在派出所里。夜里万籁无声，我舅舅没有了裤带，手又铐在一起，所以衣服松塌塌的，像个泄了气的皮球或者空了一半的布口袋。F往后一仰，把腿跷到桌子上，把脸隐藏到黑暗里，说道：别着急。现在公园关了门，放你你也出不去。等明天吧。我舅舅点点头，用并在一起的手从口袋里掏出烟来，叼在嘴上，想了一想说：我想抽支烟。F说：抽吧。我舅舅说：没有火。F用脚尖踢踢桌上的火柴，说：自己拿。我舅舅把烟取下来，放到手里一握，烟变成了碎末。F见到后，想道：我忘了他没有裤带；然后起身拿了火柴走过去，从他口袋里取出香烟，自己吸着了，放到我舅舅嘴上，说道：你不要急躁嘛。我舅舅应道：是。然后她手里拿了那盒烟说：我也想抽一支。有没有你没咬过的？我舅舅双手捧着烟，摇了摇头。这个样子像只要把戏的老狗熊。F看了笑了一笑，伸手揪揪他的头发，说道：头发该理了。然后挑了一支我舅舅咬得最厉害的烟来吸。这种情况说明，她问我舅舅有没有没咬过的烟，纯粹是没话找话。

现在我想到，这个女人为什么要叫F。F是female之意。同理，我舅舅应该叫做M（male)。F和M各代表一种性别取向，这样用恰如其分。F穿了一双鹿皮的高跟靴子,身上散发着香水味，都是取向所致。我舅舅坐在凳子上像只要把戏的老狗熊，这也是取向所致。包围着他们的是派出所的房子，包围着派出所的是漫漫长夜。我所写到的这些，就是历史。

五

我说过，我写的都是历史，历史是一种护身符。但是每一种护身符用起来都有限度。我必须注意不要用过了分。小时候我和小姚阿姨调情（现在看来叫做调戏更正确)，觉得很过瘾；这是因为和女同学约会、调情都很不过瘾。那些人专会说傻话，什么“上课要认真听讲”“互相帮助共同进步”之类，听了让人头大如斗，万念俱灰。我相信，笼养的母猪见了种猪，如果说道“咱们好好干，让饲养员大叔看了高兴”，后者也会觉得它太过正经，提不起兴致来；除此之外，我们毕竟还是人，不是猪，虽然在这方面还有需要改进的地方。小姚阿姨比她们好得多，游泳时，她折腾累了，就戴上太阳镜，躺下来晒太阳，把头枕在我舅舅肚子上。看到这个景象我马上也要躺倒，把头枕在她肚子上，斜着眼睛研究她饱满的胸膛，后来我就得了很严重的内斜视，连眼镜都配不上。我们在地下躺了个大大的Z字。有时候有位穿皱巴巴游泳衣的胖老太太经过，就朝我们摇头。小姚阿姨对此很敏感，马上欠起身来，摘掉眼镜说：怎么了？对方说：不好看。她就说：有什么不好看的？他们都是男的嘛。这当然是她的观点，我认为假如有三位女同性恋者这样躺着就更加好看——假如她们都像小姚阿姨那么漂亮的话。

小姚阿姨其实是很正经的，有时候我用指尖在游泳衣下凸起的地方触上一下，她马上就说：想要活命的话，就不要乱伸爪子。这种冷冰冰的口气触怒了我，我马上跳到水里去，潜到河底去。那里的水死冷死冷，我在那里伏上半天，还喝上几大口；然后蹿出水来，往她腿上一躺，冰得她惨叫一声：喂！来治治你外甥！那个“喂”，也就是我舅舅，他爬起来，牙缝里还咬着一支烟，一把捞住我，举起来往水里一扔，有时候能丢出去七八米远。在这个混蛋面前，我毫无还手之力。谢天谢地，他被电梯摔扁了，否则我还会被他摔到水里去。

我舅舅在派出所里吸了一口烟，喷出来时眼前是白茫茫的一片。一个长久不吸烟的人乍抽起来总是这样的。他还觉得胸口有点闷。F在椅子上躺好了，说道：我要睡了。天亮了叫我。就一声不吭了。我舅舅吸完了那支烟，侧过手来看表：当时是夜里三点。他长出了一口气，用手把头抱住，直到第二天早上人家把他放出去。那天夜里的事就是这样的。

第二章

一

我现在是历史学家了，有关这个行当，还有进一步说明的必要。现在我们有了一部历史法，其中规定了历史的定义："历史就是对已知史料的最简单无矛盾解释。"我记得这是逻辑实证论者的说法，但是这部法里没有说明这一点。一般说来，贼也不愿意说明自己家里每一样东西是从谁那里偷来的。从定义上看，似乎只能有一部历史，所有的历史学家都该失业了。但是历史法接着又规定说："史料就是：一、文献；二、考古学的发现；三、历史学家的陈述。"有脑子的人都会发现，这个"三"简直是美妙无比，你想要过幸福的生活，只要弄张历史学家的执照就行了。现在还有了一部小说法，其中规定，"小说必须纯出于虚构，不得与历史事实有任何重合之处"，不管你有没有脑子，马上就会发现，他们把小命根交到我们手里了。现在有二十个小说家投考我的研究生，但我每年只能招一个。这种情况说明，假如我舅舅还活着，肯定是个倒霉蛋。说不定他还要投考我的研究生哩。小姚阿姨至今认为，她嫁给我舅舅是个正确的选择，她说这是因为我舅舅很性感。我说，他性感在何处？她说，你舅舅很善良，和善良的人做爱很快乐。我问：你们经常做爱吗？她说：不经常。想了一下又说：简直很少做。除此之外，什么是善良她也说不大清楚。这种情况说明她智力有限，嫁给商人或者物理学家尚够，想嫁给历史学家就不够了。

F 也觉得我舅舅性感，但是这种性感和善良毫无关系。她有时想到我舅舅发达的胸大肌、紧缩着的腹部，还有那个发亮的大刀疤——那个刀疤像一张紧闭着的嘴——就想再见到他。除此之外，她还想念我舅舅那张毫无表情的脸，无声地下垂的生殖器，她觉得在这些背后隐含了一种尊严。这种想法相当的古怪，但也不是毫无道理。在工作的时间里，她见过很多张男人的脸，有的谄笑着，有的激愤得涨红，不论是谄笑，还是激愤，都没有尊严；她还看到过很多男性生殖器，有的被遮在叉开的五指背后，有的则嚣张地直立着；但是这两种情况都没有尊严。相比之下，她很喜欢我舅舅那种不卑不亢的态度。所以她常到山道上去等他，但是我舅舅再也不来了。

后来我舅舅再也没去过那个公园，因为他觉得提着裤子的感觉不很愉快。但是他一直在等 F 大驾光临。他觉得 F 一定会去找他，这件事就这样简单地过去是不可能的，所以他就待在家里等着。他们就这样等来等去，把整个春天都等过去了。

夏天快过完时，小姚阿姨决定了和我舅舅结婚。这个决定是在我舅舅一声不吭的情况下做出的。每天早上她都到我们家里来等我舅舅，但是我舅舅并不是每天都来。等到早上快要过去时，她觉得不能再等了，就和我一起出去买东西。她穿上高跟鞋比我高一个头，但我不觉得这有什么，我还会长高呢。结果事实不出我所料，我现在有一米九十几，还有点驼背。当时我穿了一双塑料拖鞋、小背心和运动短裤，跟在小姚阿姨的背后，胳臂和腿都特别脏。她教训我说：小男孩就是不像样。女孩子在你这个岁数，早就知道打扮了。我很沉着地说：你们那个性别就是爱虚荣。这种老气横秋的腔调把她吓了一跳。我记得她老往女内衣店里跑，还让我在外面等着。等到在快餐店里歇脚时，她才露出一点疑虑重重的口风：你看你舅舅现在正干什么？我说：他大概在睡觉。听了这话，小姚阿姨白净的脸就有点发黑，她恶狠狠地说：混账！这种日子他居然敢睡觉！这是一条重要经验：挑拨离间一定要掌握好时机。我舅舅当然可能是在睡觉，但是那一天他必然是觉得很不舒服才在家睡觉的。我又顺势说到我舅舅在想当作家前是个数学家，这两种职业的男人作为丈夫都极不可靠。小姚阿姨听了这番话，沉吟了半晌，然后紧紧连衣裙的腰带，把胸部挺了挺说：

没关系，一定要把他拖下水。小姚阿姨是个知识妇女，这种妇女天生对倒霉蛋感兴趣，所以是不能挽救的了。

初夏里，F来找我舅舅时，穿着白底黑点的衬衣，黑色的背带裙子，用一条黑绸带打了一个领结，还拎了一个黑皮的小包，这些黑色使我舅舅能认出她来。我舅舅住在十四楼上，楼道里很黑。他隔着防盗门，而且一声不吭。直到F说：我能进来吗？他才打开了防盗门，让她咯噔咯噔地走了进来——那天她穿了一双黑色的高跟皮鞋——朝有光亮的地方走去，径直走进我舅舅的卧室里，往椅子上一坐，把包挂在椅子上，说道：我来看你写的小说。我舅舅往桌上一瞥，说道：都在这里。桌子上放满了稿纸，有些已经发棕色，有些泛了黄色，还有些是白色的。从公园里回来以后，我舅舅就把所有的手稿都找了出来，放在桌子上，她就拿了一部在手里。我舅舅住的是那种一间一套的房子，像这样的房子现在已经没有了，卧室接着阳台，门敞开着。F拿着稿子往外看了一眼，说道：你这套房子不坏。我舅舅坐在她身后的床上，想说"房子是我弟弟的"（我还有一个舅舅在东欧做生意），但是没有说。他想：既然上门来调查，这件事她准知道了。后来她说：给我倒杯茶。我舅舅就到厨房里去。F趁此机会把我舅舅的抽屉搜了一下，连锁着的抽屉也捅开了。结果搜出了一盒避孕套。等我舅舅端着茶回来时，她笑着举起那东西说：这怎么回事？我舅舅愣了一下，想说"这是我弟弟的"（这是实情），但是想到出卖我小舅舅是个卑鄙的行为，就说：和我抽烟一样。这话的意思是说我舅舅不抽烟，口袋里也可以有香烟。但是F不知联想到了什么，脸忽然红了。她把避孕套扔回抽屉，把抽屉锁上，然后把钥匙扔给我舅舅说：收好了。然后就接过那杯茶。这回轮到我舅舅满脸通红：从哪里冒出这把钥匙来？这当然是从她的百宝钥匙上摘下来的，算是个小小的礼物吧。

我家住在一楼，所以就像别人家一样，在门前用铁栅栏围起了一片空地作为院子。我们住的楼房前面满是这样的空地。有人说，这里像集中营，有人说像猪场，说什么的都有。但我对这个院子很满意。院子里有棵臭椿树，我在树下放了一张桌子，一个白色的甲板椅，经常坐在那里冥思苦想。在我身边的白布底下遮着装修厕所剩下的瓷砖和换下来的蹲式便器。在便器边上有个小帐篷，有时我在里面睡上半夜，再带着一身蚊子咬的大包躲到屋里去。这是一种哲学家的生活。有人从来没过过哲学家的生活，这不足取。有人一辈子都在过哲学家的生活，当然也是没出息的东西。那一年我十三岁，等到过了那一年，我对哲学再也没有兴趣。在那棵树下，那张椅子上，我得到了一些结论，并把它用自己才认识的符号记在纸片上。现在我还留着那些纸片，但是那些符号全都认不得了。其中一些能记得的内容如下：每个人的一生都拥有一些资源，比方说：寿命、智力、健康、身体、性生活。有些人准备把它消费掉，换取新奇、快乐等等，小姚阿姨就是这样的；还有人准备拿它来赚点什么，所以就斤斤计较，不讨人喜欢。除了这两类人，还有别的种类，不过我认为别的种类都属笨蛋之列。我非常喜欢小姚阿姨那类人，而且我又对她的肉体非常地着迷；每当我想到这些事，那个茄子把似的小鸡鸡就直挺挺的。但是这种热情有几分来自哲学思辨，几分来自对她肉体的遐想，我就说不清楚了。有一点是肯定的，就是我对哲学的爱好并不那么始终如一。我想孔夫子也有过类似的经历，所以他说：予未见好德如好色者。“未见”当然包括自己在内，他老人家一定也迷恋过什么人，所以就怀疑自己。

二

我说过，我十三岁时，十分热衷于小姚阿姨的身体。我甚至想到，假如我是她就好了。这样我就会有一头黑油油的短头发，白皙的皮肤，穿着连衣裙，挺着沉甸甸的乳房跑来跑去。这最后一条在我看来是有点累，不过也很过瘾。当然，我要是她，就不会和我舅舅结婚。我认真想过，假如我是小姚阿姨，让谁来分享我美好的肉体，想来想去，觉得谁都不配；我只好留着它，当一辈子老处女。那年夏天，蚊子在我腿上咬了很多包，都是我在院子里睡时叮的。夜里满天星星，我在院子里十分自由，想什么都可以。一个中国人如果享受着思想自由，他一定只有十三岁；或者像我舅舅一样，长了一颗早已死掉、腐烂发臭了的心脏。

我还说过，现在我有一张护身符——我是历史学家，历史可不是人人都懂的。有了它，就可以把想说的话写下来，但它也不是万能的。假如我年纪小，就有另一张护身符。众所周知，我们国家保护妇女儿童。有些小说家用老婆、女儿的名义写作，但这也有限度，搞不好一家三口都进去了。最好的护身符是我舅舅的那一种。心都烂掉，人也快死了，还有什么可怕？再说，心脏就是害怕的器官；它不猛跳，你根本不知道怕。我没见过我舅舅怕什么。

F看我舅舅写的小说，看了没几页就大打喷嚏。这是因为我舅舅的稿子自从写好了，就没怎么动过，随着年代的推移，上面积土越来越多。我不喜欢我舅舅，但是既然给他作传，就不得不多写一些。这家伙学过数学，学数学的人本身就古怪，他又热衷于数学中最冷门、最让人头疼的元数学，所以是古怪上加古怪。有一阵子他在美国一个大学里读博士学位，上课时愁眉苦脸地坐在第一排拿手支着脸出神，加上每周必用计算机打出一份paper投到全系每个信箱里，当然被人当成了天才。后来他就觉得胸闷气短，支持不住了。洋人让他动手术，但是他想，要死还不如死在家里，就休学回家来。后来他就住进了我小舅舅的房子，在那里写小说；当然也可以说是在等医院的床位以便做手术，不过等的时间未免太长了一点。他自己说，等到把胸膛扒开时，里面准是又腥又臭，又黑又绿。但是直到最后也没人把他胸膛扒开，所以里面的情况就不得而知了。在上个世纪，谁要想动手术，就得给医院里的人一些钱，叫做红包，或者劳务费，或者回扣，我个人认为最后一个说法实属古怪，不如叫做屠宰税恰当。我舅舅对早日躺上手术台并不热心，因为上一次把他着实收拾得不善，所以他一点钱都不给，躲在房子里写一些糟改我小舅舅的小说。

F看着那些小说，打了一阵喷嚏之后就笑了起来。后来她就脱掉高跟鞋，用裙子裹住臀部，把脚跷到桌子上，这样就露出了裹在黑丝袜里的两条腿。她还从包里拿出一小瓶指甲油，放在桌子沿上；把我舅舅的手稿放在腿上，把手放在稿子上面，一面看，一面涂指甲。这是初夏的上午，外面天气虽热，但是楼房里面还相当凉。后来她涂好了指甲，又分开了双腿，把我舅舅的稿子兜在裙子里，低着头看起来。后来，她又从包里掏出了一包开心果，头也不回地递到了我舅舅面前，说：你帮我打开。我舅舅找剪子打开了开心果，递给她。她把袋口放到鼻子下闻了闻，又把袋子朝我舅舅递了过来，说道：啵。我舅舅不明其意，也就没有接。“啵”了一会儿之后，她就收回了袋子，自己吃起来。与此同时，我舅舅坐在床上出冷汗。假如有个穿黑衣服的人坐在我办公室里，把我的电脑文件一个一个地打开看，我也会是这样。尽管如此，他还是发现那女人的牙很厉害，什么都能咬碎。

我现在想道：在我舅舅的故事里，F是个穿黑衣服的女人，这一点很重要。那一年夏天，有个奥地利的歌剧团到北京来演出，有大量的票卖不掉，就免费招待中学教师，小姚阿姨搞了三张票，想叫我妈也去，但是我妈不肯受那份罪，所以我就去了，坐在我舅舅和小姚阿姨中间。那天晚上演的是《魔笛》，是我看过的最好的戏。我舅舅的手始终压在我肩上，小姚阿姨的手始终掐着我的脖子，否则我会跳起来跟着唱。等到散了场，我还是情绪激昂，我舅舅沉吟不语。小姚阿姨说，这个戏我没大看懂。什么夜后啦，黑暗的侍女啦，到底是什么东西？我舅舅就说：莫扎特那年头和现在差不太多吧。他的意思是说，莫扎特在和大家打哑语。我也不是莫扎特，不知他说的对不对。总而言之，那个戏里有好几个穿黑衣服的女人，舞姿婆娑，显得很地道。我还知道另一个故事，就是有一家讨债公司，雇了一帮人，穿上黑西服，打扮得像要出席葬礼，跟在欠账的人屁股后面，不出半天，那人准会还账。我说F穿了一身黑衣服，很显然受了这些故事的启迪。但是这些人的可怕之处并不在于我们欠了他的账，也不是人家要杀我们，而是我们不知他们想干什么，而且他们是不可抗拒的。F就是这些人中的一个。她坐在我舅舅的椅子上看他的手稿，看着看着举起杯子来说：再给咱来点水。我舅舅就去给她倒了水来。她把开心果吃完了，又摸出一包瓜子来嗑，还觉得我舅舅的手稿很有趣。凭良心说，我舅舅的小说在二十世纪是挺好看的。但是现在是二十一世纪了。

现在评论家们也注意到了F穿着黑衣服，说什么的都有。有人说，这是作者本人的化身，更确切地说，她是我的黑暗心理。这位评论家甚至断言我有变性倾向，但是我一点也不知道自己竟然急于把自己阉掉。我认为把睾丸割掉可不是闹着玩的，假如我真有这样的倾向，自己应该知道。另一位评论家想到了党卫军的制服是黑的，这种胡乱比附真让人受不了。他们中间没有一个人想到了《魔笛》。但我也承认，这的确不容易想到。

小姚阿姨的身体在二十世纪很美好，到了二十一世纪也不错，但是含有人工的成分：比方说，脸皮是拉出来的，乳房里含有硅橡胶，硬邦邦的，一不小心撞在脸上有点疼。将来不知会是什么样子，也许变成百分之百的人造品。在这些人造的成分后面，她已经老了，做起事来颠三倒四，而且做爱时没有性高潮。每回干完以后，她都要咬着手指寻思一阵，然后说道：是你没弄对！她像一切学物理的女人一样，太有主意，老了以后不讨人喜欢。我把写成的传记带给她看，她一面看一面摇头，然后写了一个三十页的备忘录给我，上面写着：“一、我何时穿过黑？二、我何时到香山扫过地？”等等。

最后一个问题是：“你最近是否吸过可卡因？”我告诉她，F

不是她，她惊叫了一声“是吗？”就此陷入了沉思。想了一会儿之后说：假如是这样的话，他（我舅舅）后来的样子就不足为怪了。小姚阿姨的话说明，只要F不是她，这篇传记就是完全可信的了。这是个不低的评价，因为虽然F不是小姚阿姨，我舅舅还是我舅舅。比之有些传记里写到的每一个人都不是他们本人，这篇传记算是非常真实的了。

三

我舅舅一九九九年住在北京城，当时他在等动手术的床位，并且在写小说。有一天他到公园去玩，遇上了一个穿黑衣服的女人F。后来F就到了他的小屋里，看他写的未发表的小说。这个女人对他来说，是叵测而且不可抗拒的。说明了这一点，其他一切都迎刃而解。F坐在椅子上看小说，嗑着瓜子，觉得很cool。这句话也可以这样说：她觉得很舒服。后来她决定让自己更舒服一些，就把右手朝我舅舅的大概方位一捞，什么都没捞着。于是她吐出嘴里的瓜子皮，说道：你上哪儿去了？坐近一点。然后她接着嗑瓜子，并且又捞了一把，结果就捞到了我舅舅的右耳朵。然后她顺着下巴摸了下来，一路摸到了领扣，就把它解开，还解开了胸前的另一颗扣子，就把手伸进去。她记得我舅舅胸前有个刀疤，光滑，发亮，像小孩子的嘴唇一样，她想摸摸那个地方。但是她感到手上湿漉漉的。于是她放下了椅子腿，转过身来一看，发现我舅舅像太阳底下暴晒的带纸冰糕，不仅是汗透了，而且走了形。于是她就笑起来：哟！你这么热呀。把上衣脱了吧。然后她又低头去看小说。我舅舅想道：我别无选择。就站了起来，把上衣脱掉放在床上，并且喘了一口粗气。F又看了三四行，抬起头来一看，我舅舅赤着上身站在门口。我已经说过，我舅舅是虎体彪形的一条大汉，赤着上身很好看。F又发现我舅舅的长裤上有些从里面沁出的汗渍，就说：把长裤也脱了吧。我舅舅脱掉长裤，赤脚站在门口。F低下头去继续看小说，而且还在嗑瓜子。门口有穿堂风，把我舅舅身上的汗吹干了。我舅舅垂手站了一会儿，觉得有点累，就把手扣在脑后，用力往后仰头。这时候F忽然觉得脖子有点酸，就抬起头来看我舅舅。我舅舅赶紧垂手站立，F继续嗑瓜子，并且侧着头，眼睛里带有一点笑意。我舅舅马上就想到了自己的内裤有点破烂。众所周知，我舅舅那辈人吃过苦，受过穷，所以过度的勤俭。后来她把稿纸一斜，把瓜子皮倒在了地上。然后穿上高跟鞋，站了起来，放下稿子，拿起了自己的包，走到我舅舅面前说：你的内裤不好看。我舅舅的脸就红了。然后她又指指我舅舅的伤疤，说道：可以吗？我舅舅不知所云于是不置可否。于是她就躬下身来，用嘴唇在我舅舅的伤疤上轻轻一触，然后说：下回再来看你的小说，我折好页了，别给我弄乱了。然后就咯噔咯噔地走掉了。我舅舅把门关上以后，到卫生间冲了凉，然后就躺倒睡着了。一直睡到了下午，连午饭都没吃。

小姚阿姨说，我舅舅的胸口是凉冰冰的，如果把耳朵凑上去，还能听见后面很遥远的地方在咚咚响。她也很喜欢他的那块刀疤，不仅用嘴唇亲吻，还用鼻子往上蹭。这种情况我撞上了好几回：小姚阿姨半躺在我家的长沙发上，头发零乱，脸色绯红；我舅舅端坐在她身边，胸前的扣子敞开了三四个，双手放在膝盖上，像一只企鹅一样直挺挺。小姚阿姨说，如果亲热得太久，我舅舅就会很有君子风度地说：我觉得有点胸闷。她觉得我舅舅的表现像个胖胖的、脾气随和的女孩子见了甜食，非常可爱；但我觉得这种联想不仅牵强，而且带有同性恋倾向。

我觉得小姚阿姨对我舅舅有很多误解，举例言之，我舅舅说话慢条斯理，语气平和。她就说：听你舅舅说话，就知道他是个好人。其实不然，我舅舅的每一句话都是按数理逻辑组织起来的，不但没有错误，而且没有歧义；连个“嗯嗯啊啊”都没有。像我这样自由奔放的人，听见他说话，不仅觉得他讨厌，而且觉得他可恨。事实上，他非常古板，理应很招女人厌。但是像小姚阿姨这样的女人，根本等不到发现他古板，就和他粘到一块了。

现在小姚阿姨很不乐意听我说到我舅舅，倒愿意听我说说 F。我到她那里以后，她总要把我让到卧室里去，然后她就坐在床上，对着我抠起了脚丫子——当然，你不要从字面上理解，实际上她是用各种工具在修理趾甲，不过那种翻来掉去的劲头，就像是在抠脚丫。这个时候她穿着一件短睡衣。虽然她的腿和脚都蛮漂亮，我也不爱看这个景象；所以我就说：你可以到美容院去修脚。她答道：等我官司打赢了吧。就在专注于脚的时候，她问：F长得什么样？我说：你猜猜看嘛。她抬头看了我一眼说：你写到过，她涂紫眼晕，用紫唇膏？我说：对呀。她就低下头去，继续收拾脚，并且说：这女孩一定是黑黑的。我心里说：我怎么没想到呢。赶紧掏出个笔记本，把这件事记下来。她还说：用绸带打领结，脖子上的线条一定是蛮好看的。而且她不怕把整个腿都露出来，一定挺苗条的，但个子不太高，因为穿着高跟鞋。高鼻梁大眼睛，头发有点自来卷——带点马来人的模样。然后她就问我：F到底长得什么样？我说：假如不是你告诉我，我还真不知是啥模样。后来她要看F的相片，我就照这个样子到画报上找了一个，是泰国航空公司的空中小姐；扫到计算机里，又用激光打印出来，中间加工了一下，所以又不能说完全是那位空中小姐——这幅相片我还要用来做插图，可不要吃上肖像权官司。得到照片以后，小姚阿姨端详了她半天，说道：挺讨人喜欢的。我能不能认识一下？我说：你要干吗？搞同性恋吗？把她顶回去了。否则就要飞到泰国去，把那位空姐的母亲请来，因为假如F近二十年前是这位空姐的模样，现在准是空姐的妈了。这件事可以这么解释：F一九九九年在北京，后来领了任务到泰国去，在那里嫁了人，生下了这位空姐。我这样治史，可谓严谨，同时又给整个故事带来了神秘的气氛。但是这样写会有麻烦，所以就把这些细节都略去吧。

四

有一件事小姚阿姨可以作证，就是我舅舅有一台BP机，经常像闹蛐蛐一样叫起来。他自己说，有些商业伙伴在呼他，但不一定是这么回事。有一次在我家里，闹过以后，他拨回去，对方听他说了几句之后，马上就说：你怎么是男的呀！还有一次，他拨通了以后，就听到F浑厚的女中音："在家吗？"这种嗓音和美国已故歌星卡朋特一模一样。他说：在我姐姐家吃饭。要马上回去吗？F说：那就不用了。改天再来找你。我舅舅从我家回去以后，从第二天开始就不出门了。这或者可以解释小姚阿姨为什么等不到他。不管怎么说，我对此没有任何不满之处，但小姚阿姨就不是这样的了。在商场里，每次看到一对男女特别亲热，她都要恶狠狠地说：我要宰了你舅舅！但是很久以后，我舅舅还活着。听了这句话，我昂起头，把胳臂递过去。她挽着我走上几步，就哈哈笑着说：算了算了，我还是拉着你走吧。有些人上初一时个子就长得很高，但我不是的，所以吃了很多亏。上了初二，我才开始疯长，但已经晚了。总而言之，那一年夏天，我身高一米三二，不像个多情种子的模样。每次她让我在更衣室外等她时，我都只等一小会儿，然后猛地卧倒在地，从帘子底下看进去，看到小姚阿姨高踞在两条光洁的长腿上面，手里拿了一条裙子，朝我说道：小子，你就不怕别人把你逮了去！然而没人来逮我，这就是一米三二的好处，超过了一米五就危险了。

我舅舅在家里第二次看到F时，问了她一句：你现在上着班吗？她可以回答说：上班时间跑你这儿来？我敢吗？如果这样回答，对我舅舅的心脏有一定的好处。但是她觉得这样回答不够浪漫，所以答道：不该打听的事别瞎打听。我舅舅马上把嘴紧紧闭住，并且想道：好吧，你就是拿刀子来捅我，我也不问了。我个人认为，对付他这样的一条大汉，最好是用手枪，从背后打他的后脑勺。当时是在我舅舅的门厅里，F的穿着和上一次一样，只是背了一个大一点的包。她从我舅舅身边走过去，我舅舅跟在她后面。她到卧室里找到了那份稿子，正要坐下看，忽然听到楼下有人按喇叭，就拿着稿子跑到凉台上去，朝下面说道：喂！然后又说：看牌子！就回来了。当时有个人开了一辆车想进院子，看到另一辆汽车挡路，就按了一阵喇叭。听了F的劝告之后，他低头看看前面那辆车的车牌，看见是公安的车，就钻进自己的车，倒了出去，开到别的地方去了。我舅舅从另一个窗子里也看到了这个景象。然后她又坐回老地方，忽然把稿子放下来说：差点忘了。就打开皮包，拿出一大堆塑料包装的棉织物来，递给我舅舅说：我给你买的 underwear。我舅舅有好几年不说英文了，一时反应不过来，但是他还是老老实实地接了过来，把那些东西放在床上，自己也随后坐在了床上。F 就接着看小说，嗑瓜子。过了一会儿她说：怎么样呀？我舅舅说：什么？噢，underwear。他拿起一袋来看了看，发现那东西卷得像一卷海带一样，有黄色的、绿色的、蓝色的，都是中国制造，出口转内销的纯棉内裤，包装上印了一个男子穿着那种内裤的髋部，一副雄赳赳气昂昂的模样。虽然都是 XL，但是捏起来似乎不比一双袜子含有更多的纤维。他说：谢谢。F 头也不抬地喷出两片瓜子皮，说道：去试试。我舅舅愣了一会儿，拿起一袋内裤，到卫生间里去了，在那里脱掉衣服，挂在挂衣钩上，然后穿上那条内裤，觉得裹得很厉害；然后他就走出来，垂手站在门边上。这一次 F 侧坐在椅子上看稿子，把右手倚在椅背上，用左手嗑瓜子。地下很快就积满了瓜子皮。我舅舅不仅不嗑瓜子，而且不吃任何一种零食，所以他看到一地瓜子皮感到触目惊心，很想拿把笤帚来打扫一下。但是他又想：一个不吃零食者的举动，很可能对吃零食的人是一种冒犯。所以他就站着没有动。

小姚阿姨回家时，提着满满当当的一只手提包。我问她：你都买了一些什么呀？她就从包里掏出一袋棉织内衣来，乳罩和三角裤是一套，是水红色的。她问我：这颜色你舅舅会喜欢吗？我看着商标纸上那个女人的胴体出了一阵神，然后说道：你不穿上给我看看，我怎么知道？她在我额头上点了一指头，把那东西收回包里去。这时候我看到她包里这种塑料袋子有一大批，里面的衣服有红色的，黄色的，还有绿色的。回到家里她问我妈：大姐，你胸围多少？这说明她遇上了便宜货，买得太多了，想要推销出去一些。现在她还有这种毛病，门厅里摆着的鞋三条蜈蚣也穿不了。

女人上街总是像猎人扛枪进了山一样，但是猎取的目标有所不同。比方说我姥姥，上街总是要带一条塑料网兜；并且每次见到我出门，都要塞给我一块钱，并且说：见到葱买上一捆。当然，现在的女人对葱有兴趣的少了，但是女人的本性还是和过去一样。F在街上看到了她以为好的男内裤，就买了一打，这件事没什么难理解之处。她买了这些东西之后，就到我舅舅家里来，让我舅舅穿上它，自己坐在椅子上嗑瓜子、看小说。有一件事必须说明，那就是我舅舅一点不明白她是什么意思，他不想问，他也不关心。

五

小姚阿姨和我舅舅谈恋爱，我总要设法偷听。这件事并不难办，她家的后窗户正对着我的院子，离我的帐篷只有十几米。我们家有台旧音响，坏了以后我妈让我修，被我越修越不成样子，她就不往回要了。其实那台机器一点毛病也没有，原来的毛病也是我造出来的。小姚阿姨不在家时，我撬开她的后窗户进去，把无线话筒下在她的沙发里面，就可以在帐篷里用调频收听他们说话，还可以录音。因为我舅舅在男孩子里行大，小姚阿姨管他叫“老大”。有一天，小姚阿姨听见邻居的收音机在广播他们的谈话，就说：老大，大事不好了！然后还说：我们也没说什么呀！我舅舅“喂喂”地吼了两声，然后说：“你等我一下。”我听到了这里，就从帐篷里落荒而逃，带走了录音带，但是音响过于笨重，难以携走，还是被我舅舅发现了，很快又发现了沙发里的话筒。好在他们还比较仗义，没有告诉我妈。小姚阿姨见了我就用手指刮脸，使我很是难堪。这件事的教训是：想要窃听别人说话，就要器材过硬，否则一定会败露。我听到过小姚阿姨让我舅舅讲讲他自己的事，他就说：我这一生都在等待。小姚阿姨很兴奋地说：是吗，等待谁？我舅舅沉默了一会儿说：等待研究数学，等待发表小说。小姚阿姨拉长了声音说：是吗。然后呢？我舅舅说：我现在还在等待。小姚阿姨说：噢。那你就等待吧。说着她就踢踢踏踏地走出去了。这件事说明我舅舅只关心他自己，还说明了女人喜欢被等待。等到窃听的事被发现以后，我就告诉小姚阿姨：我一直在等待你。她听了说：呸！什么一直等待，你才几岁？

在学校里时，老师告诉我们说，治史要有两种态度，一是科学态度，那就是说，是什么就说什么；二是党性的态度，那就是说，是什么就偏不说什么。虽然这两种态度互相矛盾，但咱们也不能拿脑袋往城墙上撞。这些教诲非常重要。假如我把话筒的事写入了我舅舅的传记，那我就死定了。众所周知，我们周围到处是窃听器。我想知道我舅舅和小姚阿姨在新婚之夜说什么，有关部门也想知道我们在说什么。我这样写，能不是影射、攻击吗？

F在他家里时，我舅舅靠门站着，一声不吭。后来她终于看完了一段，抬起头来看我舅舅，把他上下打量了一番后，面露笑容，偏着头嗑了一粒瓜子，说：挺帅的，不是吗。我舅舅在心里说：什么帅不帅，我可不知道。然后她又低头去看小说，看一会儿就抬头看一眼我舅舅，好像一位画家在看自己的画。但我舅舅可不是她画的。他是我姥姥生的，生完之后又吃了四十年粮食才长到这么大，不过这一点和有些人很难说明白。她只顾看我舅舅宽阔的胸膛，深凹的腹部，还有内裤上方凸现的六块腹肌。那条内裤窄窄的，里面兜了满满的一堆。她对这个景象很满意，就从桌子上捞起个杯子说：去，给咱倒杯水来。我舅舅接过那个杯子去倒水，感到如释重负。

第三章

一

F和小姚阿姨一直认为我舅舅是个作家，这个说法不大对。我舅舅活着的时候没有发表过作品，所以起码活着的时候不是作家。死了以后遗著得以出版，但这一点不说明问题：任何人的遗著都能够出版，这和活着的人有很大的不同。这个道理很容易明白，死掉是最好的护身符。我认识的几位出版家天天往监狱跑，劝待决犯写东西，有时候还要拿着录音机跟他们上刑场，赶录小说的最后几节。有个朋友就是这样一去不回了，等他老婆找到他时，人已经躺在停尸房里，心脏、肾、眼球、肝脏等等都被人扒走了，像个大梆子一样——你当然能想到是崩错了人，或者执行的法警幽默感一时发作，但是像这样的事当然是很少发生的。这些死人写的书太多了，故而都不畅销。可以说我舅舅成为作家是在我给他写的传记在报上连载之后，此时他那些滞销的遗著全都销售一空。小姚阿姨作为他的继承人，可多抽不少版税。但是她并不高兴，经常打电话给我发些牢骚，最主要的一条是：F凭什么呀！她漂亮吗？我说：你不是见过相片了吗？她说：我看她也就一般，四分的水平——你说呢？我不置可否地"嗯"了几声，把电话挂上了。F不必漂亮，她不过是碰巧漂亮罢了。我舅舅也不必写得好才能当作家，他不过是碰巧写得好罢了。人想要干点什么或者写点什么，最重要的是不必为后果操心。只要你有了这个条件，干什么、写什么都成，完全不必长得漂亮，或者写得好。

我舅舅和小姚阿姨的谈话录音我还保留着，有一回带到小姚阿姨那里放了一段，她听了几句，就说：空调开得太大！其实当时根本就没开空调。又听了几句，她赶紧把录音机关上了。我舅舅那种慢条斯理的腔调在他死了以后还是那么慢条斯理，不但小姚阿姨听了嗦嗦发抖，连我都直起鸡皮疙瘩。那一回小姚阿姨问他为什么不搞数学了，他说：数学不能让他激动了。后来他还慢慢地解释道：有一阵子，证明一个定理，或者建好了一个公理体系，我的心口就突突地跳。小姚阿姨说：那么写小说能使你激动吗？我舅舅叹了一口气说：也不能。后来小姚阿姨带着挑逗意味地说：我知道有件事能让你激动——就是听到这里，小姚阿姨朝录音机挥了一拳，不但把声音打停，把录音机也打坏了。但我还记得我舅舅当时懒洋洋地说道：是吗——就没有下文了。我舅舅的心口早就不会突突跳了，但是这一点不妨碍他感到胸闷气短、出冷汗、想进卫生间。这些全是恐惧的反应，恐惧不是害怕，根源不在心脏，而在全身每个细胞里。就是死人也会恐惧——除非他已经死硬邦了。

现在该谈谈F在我舅舅那里时发生的事了。他去给她倒了一杯开水，放在桌子上，然后还站在门口。F用余光瞥见了他，就说：老站着干啥，坐下吧。我舅舅就坐在床上，两手支在床沿上。后来F的右手做了个招他的手势，我舅舅就坐近了。F换了个姿势：跷起腿，挺起胸来，左手拿住手稿的上沿，右手搭在了我舅舅的右肩上，眼光还在稿纸上。你要是看到一个像我舅舅那样肌肉发达皮下脂肪很少的男子，一定会怀疑他吃过类固醇什么的。我敢和你打赌说他没有吃，因为那种东西对心脏有很大的害处。F觉得我舅舅肩膀浑圆，现代力士都是这样，因为脖子上的肌肉太发达。她顺着他肩膀摸过来，一直摸到脖子后，发现掌下有一个球形的东西，心里就一愣：怎么喉结长在这里？后来又发现这东西是肉质的，就问：这是怎么了？我舅舅也愣了一下才说：挑担子。有关这件事，我有一点补充：我舅舅不喜欢和别人争论，插队时挑土，人家给他装多少他就挑多少。因此别人觉得他逞能，越装越多。终于有一次，他担着土过小桥时，桥断了，连人带挑子一起摔进了水沟里。别人还说他：你怎么了？连牲口都会叫唤。总而言之，他就是这么个倒霉鬼。但是他的皮肤很光洁。F后来把整个手臂都搭在他脖子上，而我舅舅也嗅到了她嘴里的瓜子香味。我已经说过，我舅舅从来不吃零食，所以不喜欢这一类的香气。

现在可以说说我舅舅的等待是什么意思了。他在等待一件使他心脏为之跳动的事情，而他的心脏却是一个多灾多难的器官，先是受到了风湿症的侵袭，然后又成了针刺麻醉的牺牲品，所以衰老得很快。时代进步得很快，从什么都不能有，到可以有数学，然后又可以有历史，将来还会发展到可以有小说；但是他的心脏却衰老得更快。在一九九九年，他几乎是个没有心的人，并且很悲伤地想着：很可能我什么都等不到，就要死了。但是从表面上看，看不出这些毛病。我舅舅肌肉坚实，皮肤光洁，把双手放在肚子上，很平静地坐在床上。F抬起头来看他的脸，见到他表情平静，就笑吟吟地说：你这人真有意思。我舅舅说：谢谢——他非常的多礼。然后她发现我舅舅的脖子非常强壮，就仔细端详了一阵他的脖子。她很想把自己的绸带给我舅舅系上，但是不知为什么，没有那么做。

小姚阿姨说，我舅舅很爱她，在结婚之前，不但亲吻过她，还爱抚过。她对我说，你舅舅的手，又大，又温柔！说着她用双手提起裙子的下摆，做了一个兜，来表示我舅舅的手；但是我不记得我舅舅的手有这么大。我舅舅那一阵子也有点兴奋，甚至有了一点幽默感。我们一家在动物园附近一家久负盛名的西餐馆吃饭时，他对服务员说：小姐，劳驾拿把斧子来，牛排太硬。小姐拿刀扎了牛排一下，没有扎进去，就说，给你换一份吧。把牛排端走了。我们吃光了沙拉，喝完了汤，把每一块面包都吃完，牛排还是不来。后来就不等了，从餐馆里出来。他们俩忽然往一起一站，小姚阿姨就对我妈说：大姐，我们今天结婚。我妈说：岂有此理！怎么不早说？我们也该有所表示。我跟着说：对对，你们俩快算了。我舅舅拍拍我的脑袋，小姚阿姨和我妈说了几句没要紧的话，就和我舅舅钻进了出租车，先走了。我感到了失恋的痛苦，但是没人来安慰我。没人把我当一回事，想要有人拿我当回事，就得等待。

F把我舅舅的脖子端详了一阵之后，就对他说：往里坐坐。我舅舅往里挪了挪，背靠墙坐着。F站了起来，踢掉了高跟鞋，和我舅舅并肩坐着，嗑了几粒瓜子之后，忽然就横躺下来，把头枕在我舅舅肚子上。如果是别人，一颗头发蓬松的脑袋枕在肚子上，就会觉得很逗，甚至会感觉非常好。但我舅舅平时连腰带都不敢束紧，腹部受压登时感到胸口发闷。他不敢说什么，只好用放在腹部的手臂往上使劲，把她托起一点。因此他胸部和肩膀的肌肉块块凸起，看起来就如等着健美裁判打分，其实不是的。F先是仰卧着，手里捧着一些稿纸，后来又翻身侧卧，把稿纸立在床面上。这样她就背对着我舅舅，用一只手扶着稿子，另一只手还可以拿瓜子。在这种姿势之下，她赞叹道：好舒服呀！我认为，我舅舅很可能会不同意这句话。

二

我很喜欢卡尔维诺的小说《看不见的骑士》。这位骑士是这样的，可以出操、站队，可以领兵打仗，但是他是不存在的。如果你揭开他的面甲，就会看到一片黑洞洞。这个故事的动人之处在于，不存在的骑士也可以吃饭，虽然他只是把盘子里的肉切碎，把面包搓成球；他也能和女人做爱，在这种情况下，他把那位贵妇抱在怀里，那女人也就很兴奋、很激动。但是他不能脱去铠甲，一脱甲，就会彻底涣散，化为乌有。所以就是和他做过爱的女人也不知他是谁，是男是女，更不知他们的爱情属于同性恋还是异性恋的范畴。你从来也看不见F打呵欠，但是有时会看到她紧闭着嘴，下颌松弛，鼻子也拉长了，那时她就在打呵欠。你也从来看不到她大笑，其实她常对着你哈哈大笑，但是那种笑只发生在她的胸腹之间，在外面看不见。躺在我舅舅肚子上看小说时，她让我舅舅也摸摸她的肚子，我舅舅才发现她一直在大笑着（当然，也发现了她的腹部很平坦）。这一点很正常，因为我舅舅的风格是黑色幽默。由于这种笑法，她喝水以后马上就要去卫生间。她笑了就像没笑，打了呵欠就像没打，而不存在的骑士吃了就像没吃，做了爱就像没做。我舅舅也从来不打呵欠、不大笑，也不大叫大喊，这是因为此类活动会加重心脏负担。他们俩哪个更不存在，我还没搞清楚。

小姚阿姨对我说，那个F是你瞎编的，没有那个人吧。我说：对呀。她马上正襟危坐道：你在说真的？我说：说假的。她大叫起来：混球！和你舅舅一样！这个说法是错误的，我舅舅和我一点都不一样。其实小姚阿姨和其他女人一样，一点都不关心真假的问题；只要能说出你是混球就满意了。当时我们在她的卧室里，小姚阿姨穿一件红缎子睡衣，领口和袖子滚着黑边，还系着一条黑色的腰带。她把那条腰带解开，露出她那对丰满的大乳房说：来吧，试试你能不能搞对。等事情完了以后她说：还是没弄对。到了如今这把年纪，她又从头学起理论物理来，经常在半夜里给我打电话，问一些幼稚得令人发笑的问题。我还是第一次听说有人一辈子学两次理论物理。

现在该继续说到我舅舅和F了。我舅舅坐在床上，手托着F的头，渐渐觉得有点肌肉酸痛。他又不好说什么，就倒回去想起元数学来。这种东西是数学的一个分支，也可以说是全部数学的基础，它的功能就是让人头疼。在决定了给我舅舅作传以后，我找了几本这方面的书看了看，然后就服了几片阿斯匹林；这种体验可以说明，我舅舅是因为走投无路，才研究这种东西。一进入这个领域，人的第一需要就是一支铅笔和一些纸张。那些符号和烦琐的公式，光用脑子来想，会使你整个脑子都发痒，用纸笔来记可以解痒痒。但当时的情况是他得不到纸和笔，于是他用手指甲在大腿的皮肤上刻画起来。画了没几下，F就翻过身来说：干什么呀你！抠抠搜搜的！我舅舅没有理她，因为他在想数学题。F翻回身去继续看小说，发现我舅舅还是抠抠搜搜，就坐了起来，在我舅舅喉头下面一寸的地方咬了一口。但是她没有把肉咬掉，只是留下了一个牙印。然后她就往后退了退，看着我舅舅瞪大了眼睛，胸前一个紫色的印记在消退，觉得很有意思。然后她又指着我舅舅的右肩说：我还想在这儿咬一口。我舅舅什么都没说，只是把右肩送了过去。她在那里咬了一口，然后说：把手放在我肚子上。我舅舅就把手放在那里，发现她整个腹部都在抽动，就想：噢，原来这件事很逗。但是逗在哪里，他始终没想出来。

F对我舅舅的看法是这样的：块头很大，温驯，皮肉坚实（她是用牙感觉出来的），像一头老水牛。小姚阿姨对他的看法也差不多，只是觉得他像一匹种马；这是因为她没用牙咬过我舅舅。那天晚上他们俩坐出租车回到家里，往双人床上一躺，小姚阿姨把脚伸到我舅舅肚子上。我已经说过，我舅舅的肚子不经压，所以他用一只手的虎口把那只脚托起来。小姚阿姨把另一只脚也伸到我舅舅肚子上，我舅舅用另一只手把她的脚托了起来。人在腿乏的时候，把脚垫高是很舒服的。小姚阿姨感觉很舒服，就睡着了。

而我舅舅没有睡着。当时那间房子里点着一盏昏黄的电灯，我从外面爬窗户往里看，觉得这景象实属怪诞；而且我认为，当时我舅舅对螃蟹、蜘蛛、章鱼等动物，一定会心生仰慕，假如他真有那么多的肢体，匀出两只来托住小姚阿姨的脚一定很方便。而小姚阿姨一觉醒来，看到新婚的丈夫变成了一只大蜘蛛，又一定会被吓得尖声大叫。我觉得自己的想象很有趣，就把失恋的痛苦忘掉了。

现在该说说我自己了。我失恋过二十次左右，但是这件事的伤害一次比一次轻微，到了二十岁以后就再没有失恋过，所以我认为失恋就像出麻疹，如果你不失上几次，就不会有免疫力。小姚阿姨的特殊意义，在于她排在了食堂里一位卖馅饼的女孩前面。她知道了这件事以后，还叫我带她去看看；买了几块馅饼之后，我们俩一齐往家走。她说道：有胡子嘛。那姑娘上唇的汗毛是有点重，以前我没以为是个毛病，听她一说，我就痛下决心，斩断了万缕情丝，去单恋高年级的一个女孩，直到她没考上重点高中。要知道我对智力很是看重，不喜欢笨人。这些是我头三次失恋的情形。最后一次则是这样的：有一天，在街上看到一个女孩迎面走来，很是漂亮，我就爱上了她。等我走到她身后，嗅到了一股不好闻的味，就不再爱她了。小姚阿姨说我用情太滥、太不专。我说，这都是你害的。她听了叫起来：小子，我是你舅妈呀！现在我叫她舅妈她就不爱听了，这说明女人在三十岁时还肯当舅妈，到了四五十岁时就不肯了。

三

有人说，卡彭铁尔按照贝多芬《第五交响乐》的韵律写了一本小说，到底这本小说是不是这样的，只有贝多芬本人才能作出判断，而他写这本书时，贝多芬已经死了。我舅舅的全部小说都有范本，其中一本是《逻辑教程》。那本书的第七十八页上说：

一、真命题被一切命题真值蕴涵；

二、假命题真值蕴涵一切命题。

我舅舅的小说集第七十八页上也有他的一段自白：在一切时代都可以写好小说，坏小说则流行于一切时代。以上所述，在逻辑学上叫做“真值蕴涵的悖论”，这一段在现在的教材里被删掉了，代之以“……”，理由是宣扬虚无主义。我舅舅的书里这一段也被“□”取代，理由也是宣扬虚无主义。像这样的对仗之处，在这两本书里比比皆是，故而这两本书里有很多的“……”和“□”。他最畅销的一本书完全由“□”和标点符号组成，范本是什么，我当然不能说出来。它是如此的让人入迷，以致到了人手一本的地步，大家都在往里填字，这件事有点像玩字谜游戏。F 读这些小说时，其中一个"□"都没有，这就是我舅舅流冷汗的原因。但是F并没有指出这些不妥之处，可能是因为当时她已经下班了。到天快黑时，F跳了起来，整整头发，走了出去。我舅舅继续坐在床上一动不动，直到听见汽车在楼下打着了火，才到窗口往下看。那辆汽车亮起了尾灯、大灯，朝黑暗的道路上开走了。他慢慢爬了起来，到厕所里擦了一把脸，然后回来，从书架上拿下一本书来读，可能是本数学书，也可能是本历史书，甚至可能是本小说。但是现在我舅舅已经死了，他读过了一些什么，就不再重要了。在读书的时候，他想象F已经到了公园里，在黑暗的林荫道上又截住了一个长头发的大个子。那个人也可能拿了个空打火机，可能拿了一盒没有头的火柴，或者什么都没有拿，而是做出别的不合情理的举动。被她截住后，那人也可能老老实实，也可能强项不伏。于是F就用浑厚的女中音说道：例行检查，请你合作啊！"合作"这个词，在上个世纪被用得最滥了。起初有一些小副食商店被叫做"合作社"，后来又有"合作化"等用法，当然在大多数情况下，是要你束手就擒之意。最后演化为甜蜜、nice的同义语，是世纪末的事。F的工作，就是检查每个人是否合作。我舅舅想，也许她会发现一个更合作的人，从此不来了。这样想的时候，心里有点若有所失。但这是他多心，很少有人比他更合作——换言之，很少有人比他更甜蜜、更nice，因为他是个没有心的人。

因为我说我舅舅是个很合作的人，有读者给报纸写信说我笔下有私。他认为我舅舅根本就不合作，因为他把“真值蕴涵的悖论”偷偷写进了小说里。我怀疑这位读者是个小说家，嫉妒我舅舅能出书。但我还是写了一篇答辩文章，说明我舅舅不管写了什么，都是偷偷在家里写；而且他从来不敢给报纸写信找历史学家的麻烦。这样答辩了以后，就不再有人来信了。这种信件很讨厌，众所周知，现在数理逻辑正在受批判，官方的提法是，这是一门伪科学，正如上世纪初相对论在苏联，上世纪中马尔萨斯《人口论》在中国一样。再过些时候，也许会发现没有数理逻辑不行，就会给它平反。在这之前，我可不想招来“宣传数理逻辑”的罪名。

我舅舅生活的时代夜里路灯很少，晚上大多数窗口都没有灯光。他点了一盏灯看书，就招来了一大群蚊子、蛾子，劈劈啪啪撞在了纱窗上。后来他关掉了灯，屋子里一片漆黑，只剩下窗口是灰蒙蒙的，还能感到空气在流动。虽然住在十四楼上，我舅舅还是感觉到有人从窗口窥视，随时会闯进来。他想的是：假如有人闯了进来，就合作。没人闯进来就算了。想完了这些，他躺下来睡了。

小姚阿姨说，我舅舅在新婚之夜也很合作。那天晚上她一觉醒来，看到屋里黑洞洞，就爬起来开灯。灯亮了以后，发现我舅舅坐在床头在甩手。她觉得这样子很怪，因为她不知道我舅舅一直用手托着她的脚，故而血脉不通，两手发麻。因为她卧室里安了一盏日光灯，那种灯一秒钟闪五十下，所以她看到我舅舅有好多只手，很是怪诞。后来我舅舅甩完了，那些手也消失了，只剩下了两只，但她还是觉得我舅舅很陌生。据我所知，有些女人在初次决定和某男人做爱时，对他会有这种感觉，小姚阿姨就是这些女人里的一个。她对我舅舅说：去洗洗吧。我舅舅进了卫生间，等他出来时，小姚阿姨没往他身上看，也进了卫生间，在那里洗了一个淋浴，穿上她那套水红色的内衣内裤，走了出来。这时候我舅舅已经关上了大灯，点亮了床头灯躺在床上，身上盖了一条毛巾被。小姚阿姨走过去，拉起那条毛巾被，和我舅舅并肩躺下。后来我舅舅说道：睡吧。然后就没了声息，呼吸匀静，真的睡着了。小姚阿姨想起我妈过去说过的话，“我弟弟可能不行”，原来她已经把这话忘掉了。但是她还是决定要有所作为。等我舅舅睡熟以后，她悄悄爬了起来，关上了台灯，自己动手解下了胸罩，揭开了毛巾被，骑跨到我舅舅身上，像一只大青蛙一样；把脸贴在我舅舅胸前那块冷冰冰的地方，也就是心脏的所在；然后也睡着了。小姚阿姨给不少人讲过这件事。有些人认为，“合作”应当男女有别，一个男人在新婚之夜有这种表现，不能叫做“合作”。在这种时刻，男人的合作应该是爬起来，有所作为。在这方面，我完全同意小姚阿姨的意见：合作是个至高无上的范畴，它是不分时刻，不分男女的。它是一个“接受”的范畴，有所作为就不是合作。

那天夜里天气闷热，我舅舅很难受。他觉得胸闷气短，脖子上流了不少热汗。午夜时下了一场雨，然后凉爽很多，我舅舅就在那时睡着了。他醒来时，窗外已是灰蒙蒙的，大概有四点钟光景。虽然是夏季，这时候也很冷。朦胧中，他看到F站在床头，头发湿漉漉的，正把裙子往书架上挂。然后她转过身来，我舅舅看到她把衬衫的前襟系住，露出黑绸内裤，而黑色的丝袜正搭在椅子上。并且伸了个懒腰——手臂没有全伸开，像呼口号时那样往上举了举——打了个呵欠，鼻子皱了起来。我舅舅知道F打呵欠别人是不应当看到的，所以他觉得事情有点不对了。然后F就撩起我舅舅身上的毛巾被爬到床上来，还用肩膀拱拱我舅舅说：往里点。我舅舅当然往里缩了缩——换言之，他把身子侧了侧，F就背对着我舅舅躺下了。我舅舅认为，F可能是在梦游，或者下班时太困，所以走错了路。这两种情况的结果是一样的，那就是F并不知道自己在什么地方，不知道我舅舅是谁。而且我舅舅不能断定F在梦游，故而也不能断定提醒她一句是不是冒犯。假设你是个准备合作的人就肯定会同意，不能断定对方是否在梦游，是人生在世最大的噩梦：假如你以为对方睡着了，而对方是醒着的，你就会有杀身之祸，因为你不该污蔑说对方睡了；假如你以为对方是醒着的，而对方睡了，也会有杀身之祸，因为你负有提醒之责。我舅舅僵在那里，一动也不敢动。后来F用带了睡意的声音说道：你身上有汗味，去洗洗吧。我舅舅就轻轻爬了起来，到卫生间淋浴去了。

那天早上我舅舅洗冷水淋浴，水管里的水流完了之后，出来的是深处的水，所以越洗越冷，他的每一个毛孔都紧闭起来。因此他阴囊紧缩，双臂夹紧双肋。他关上水龙头往窗外看，看到外面灰茫茫的一片。然后他从卫生间出来，看到F在床上伸展开四肢，已经睡熟了。

四

二十一世纪心理学最伟大的贡献，就是证明了人随时随地都会梦游，睁着眼睛进入睡梦里，而且越是日理万机的伟大人物，就越容易犯这种病。这给我们治史的人提供了很好的工具，很多重大历史事件都可以用这个理论来解释。人在梦游时，你越说他在梦游，他就会沉入越深的梦境，所以必须静悄悄地等他醒来。但是有时实在叫人等不及，因为人不能总活在世界上。

你在这个世界上活得越久，就越会发现这世界上有些人总是在梦游。由此产生的沟通问题对心脏健康的人都是一种重负，何况我舅舅是一个病人。我舅舅坐在椅子上，而F在睡觉，衬衫上那个黑领结已经解开了，垂在她肩上。那间房子里像被水洗过一样的冷，并且弥漫着一股新鲜水果才有的酸涩味。起初周围毫无声响，后来下面的树林里逐渐传来了鸟叫声。F就在这时醒来，她叫我舅舅站起来，又叫他脱掉内裤，坐到床上来。我舅舅的那东西就逐渐伸直了，像一根直溜溜的棍子。F向它俯过身去，感到了一股模糊不清的热气。她又用手指轻轻地弹它，发现它在轻轻颤动着。F舔舔嘴唇，说道：玩吧。然后就脱掉上衣。这时候我舅舅想说点什么，但后来什么都没有说。

我舅舅的传记登在了《传记报》上，因为上述那一段，受到了停报三天和罚款的处分。为了抵偿订户的损失，报社决定每天给每户一筒可乐。总编说，我们已经被罚款了，这可乐的钱不能再让我们出。我本可以用支票或信用卡来支付买可乐的钱，但我借了一辆小卡车，跑遍了全城去找便宜可乐。最后我终于找到了一种最便宜的，只差三天就到保质期。最让我高兴的是：这是一种减肥可乐，一点都不甜，只有一股甘草味。中国人里没人会爱喝，而我恰恰是要把这种东西送给中国人喝。这种情况说明我不想合作，心里憋了一口气——众所周知，我们从来都是从报社拿稿费，往报社倒贴钱的事还没有过——但我不能不合作，因为是我的稿子导致报社被停刊，假如不合作，以后就不会有人约我稿了。在这种情况下，我感到很是气恼、难堪，整整一天都是直撅撅的。因为这种难得的经历，我能体会到我舅舅当时的感觉。他赤身裸体坐在床上，背对着F，周围空气冷冽。F弓起身来，把脸贴在他大腿上，眼睛盯着他的那玩意，这使他感到非常的难堪；而那玩意就在难堪中伸展开来，血管偾张。不管怎么说吧，别人没有看到我的难堪，而我舅舅却在别人的注视之下；因此他面色通红，好像很上劲的样子。其实假如F不说“玩吧”，他就要说“对不起”“sorry for that”之类的话了。直到最后，他也不知那样子是不是合作，因为从下半截来看，他是一副怒气冲冲、强项不伏的样子，这不是合作的态度；从上面看，他满面羞愧，十分腼腆，这样子又是十分合作的了。就是在干那件事时，他也一直感到羞愧难当，后来就像挨了打的狗一样在床上缩成一团。好在后来F没有和他再说什么，她洗了个冷水澡，穿上衣服就走了。对于我舅舅传记的这个部分，《传记报》表示：您（这是指我）的才气太大，我们这张小报实在是无福消受；再说，明知故犯的错误我们也犯不起。这是从报社的角度提出问题，还有从我这面提出问题的：您是成名的传记作家，又是历史学会会员，犯不上搞这样直露的性描写——这是小说家干的事，层次很低。但是我舅舅干出了这样直露的事，我又有什么办法呢。

这些都是历史事实。不是历史事实的事是这样的：我舅舅和小姚阿姨结了婚后，就回到他原来住的房子里，找出一台旧打字机，成天劈劈啪啪地打字。小姚阿姨叫我去看看他，但我不肯去。这是因为小姚阿姨在我心目里已经没有原来的分量了。后来她答应给我十块钱，这就不一样了。骑车到我舅舅那里，来回要用一小时。在十三岁时，能挣到十块钱的小时工资，实在不算少。我认为，十块钱一小时，不能只是去看一看，还该有多一点的服务，所以就问小姚阿姨：是不是还要带句话去。她就显得羞答答的，说道：你问问他怎么了，为什么不回家。我的确很想记着问我舅舅一句，但是到了那儿就忘了。

我给我舅舅写传记，事先也做过一些准备工作，不是提笔就写的。比方说，我给他过去留学时的导师写过信，问我舅舅才情如何。那位老先生已经七十岁了，回信说道：他记得我舅舅，一个沉默的东方人，刚认识时，此人是个天才，后来就变得很笨。我再写信去问：我舅舅何时是天才，何时很笨？他告诉我，我舅舅初到系里当他研究生时是个天才，后来回中国去养病，就变笨了；经常寄来一些不知所云的paper，声称自己证出了什么定理，或者发明了什么体系。其实这些定理和体系别人早就发现了。这老先生说，你舅舅怎么把什么都忘了？开头他还给我舅舅寄些复印件，告诉他，这些东西都不新鲜了；后来就不再搭理我舅舅。因为我舅舅的发现是逆历史潮流而动的，换言之，他先发现高级的和复杂的定理，再发现简单和原始的定理，最后发现了数学根本就不存在；让人看着实在没有意思。考虑到收信人是他所述那位先生的外甥，他还在信尾写了几句安慰我的话：据他所知，所有的天才最后都要变成笨蛋。比方说他自己，原来也是个天才，现在变成了一个“没了味的老屁”。这段话在英文里并不那么难听，是翻成中文才难听的。如此说来，从天才变老屁是个普遍规律，并且这个事件总发生在男人四十多岁的时候；具体到我舅舅这个例子，发生在他和小姚阿姨结婚前后。这件事也反映到了他的小说里，结婚前他写的小说里“□”很多，婚后“□”就少了，到他被电梯砸扁前几个月，他还写了一篇小说，现在印出来一个“□”都没有。当然，这也要看是什么人，从事什么样的事业。有些人从来就证不出最简单的数学定理，写的小说也从来就不带“□”，还有些事业从来就显不出天才。女人身上也有个类似的变化，从不穿衣服更好看，变到穿上一点更好看。这个事件总发生在女人三十多岁的时候。当然，这也要看是什么女人和什么衣服，有些女人从来就是穿上点好，有些衣服也从来就是穿了不如不穿。原来我打算以此为主题写写我舅舅和小姚阿姨，但是有关各方，包括上级领导、《传记报》编辑部，还有我舅舅小说的出版商都不让这样写，他们说照我这个逻辑，大家不是已经变成了老屁，就是从来就是老屁；不是已经变成了“遮着点”好，就是从来都是遮着点好。现在四十多岁的男人和三十多岁的女人太多了，我们得罪不起。因此我就写了我舅舅和F这条线索。谁知写着写着，还是通不过了。早知如此，就该写小姚阿姨。作为我舅舅的遗孀，她一点都不在乎我把我舅舅写成个老屁。对于这件事，她有一种古怪的逻辑，根据这种逻辑她说：这么一来，我们就扯平了。

五

我说过，我舅舅很年轻时就得了心脏病。医生对他说：你不能上楼梯，不能呛水，不能抽烟喝酒，不能……有很多不能；其中当然包括不能做爱。但是大夫又说：只要你不想活了，想干什么都可以。领导对我们说：只要你不出格，写什么都可以。这两句话句式相似，意思却相反，想活和出格的意义完全相悖。所以我舅舅一旦不想活了，就可以干一切事，而我们不出格，就什么都不能写。我舅舅一直很想活，所以假如哪天回家时看到电梯停了电，就在楼下等着。到天黑时还不来电，他就叫一辆出租车到我家来，和我挤一张床。我那张床一人睡还算宽敞，再加上一条九十公斤的壮汉，地方就不够了。因为这个原故，新婚之夜他对小姚阿姨说，睡吧。第二天早上他醒来时，看到小姚阿姨睡在他怀里，当时她有一对纯天然、形状美好的乳房，身体其他部分也相当好看。我舅舅看了以后，马上就变了主意，不想活了。他立刻奔回家来给自己料理后事，把没写完的小说都写完，并且搜罗脑子里有关数学的主意，把它们都写成论文投寄出去。这些事干得太匆忙，所以小说没有写好，论文也带有老屁的味道。他这个人独往独来惯了，做这些事的时候，忘掉了或者根本就不会想起要和小姚阿姨打个招呼。后来他倒是托我告诉小姚阿姨，他忙完了就回去。我回去以后总是忘记把这话告诉小姚阿姨。所以她现在怀疑，这段时间里，我舅舅在和F做爱，天天云雨不休。那位F穿了一件白底带黑点的衬衫、一条黑裙子，脖子上系着黑绸带，内衣是黑色的。小姚阿姨告诉我说，她从来不穿黑色的内衣，因为觉得太不正经。这一点我倒没有想到。总而言之，我舅舅再回到小姚阿姨那里时，头顶已经秃了，皮肤变成了死灰色，完全是个老屁的模样。他要求和小姚阿姨做爱，小姚阿姨也答应了，但是觉得又干、又涩、又难为情，因为“你舅舅那个大秃脑袋像面镜子，就放在我胸口上！”

小姚阿姨告诉我这件事时，我在她家里。我说道：不对呀。你说过，我舅舅是个善良的人，和他做爱很快乐，现在怎么变成了又干又涩呢？她就把自己的拳头放在嘴里咬了一口说：我说过的吗？我告诉她时间、地点、上下文，让她无法抵赖。这是我们史学家的基本功。不过，时间地点上下文都可以编出来。她说：不记得了。又说：就算说过，不能改吗？我对后一句话击节赞赏，就说：你别学物理了，来学历史吧。我看你在这方面有天才，我招你当研究生好了。她愣了一下说：你说话可要算话呀。这话使我又发了一阵子愣，它说明女人没有幽默感，就算有一点，也是很有限。其实我并不想招她当研究生，而且今年上面很可能不让我招研究生——我已经出格了。

现在该说说我出格的事了。有一天早上，我收到一张传票，让我到出版署去一趟。到了那里，人家把我的史学执照收去打了一个洞，还给我开了三千元的罚单，让我去交钱。因为执照上已经有了三个洞，还被停止著述三个月，并且要去两星期的学习班。此后每天都要去出版署的地下室，和一帮小说家、诗人、画家坐在一起。有一位穿黑皮夹克的女孩子坐在主席位子上，手里拿了一根黑色的藤棍，说道：大家谈谈吧。新来的先谈。你怎么了？我羞答答地说：我直露。她砰的一声把藤棍抽到卷宗上，喝道：什么错误不能犯，偏要直露！你是干啥的？我说：史学家。她又砰地抽了一下桌子，说道：史学家犯直露错误！新鲜啊。以为我们不查你们吗？我低声下气地检讨了一阵子。等到午餐时间，我和她去吃饭，顺便把给她买的绿宝石项链塞到她包里。她笑吟吟地看着我，说：小子，不犯事你是不记得我呀。我当然记得她，她是个真正的虐待狂，动起手来没轻没重。如果求别人有用的话，绝不能求她；但我的执照上已经有了三个洞，不求不行了。我说：我想考张哲学执照。她说：有事晚上到家里去谈吧。钥匙在老地方……带上一瓶人头马。我擦擦脸上的汗水，说道：我去。于是她站了起来，挥了一下藤鞭说：下午我有别的事。谁欺负你了，告诉我啊。

我在学习班里，的确很受欺负，但这不意味着我要找督察（就是那位穿黑夹克的女孩，她也是师大历史系毕业的，所以是我的师妹）告状。下午分组讨论时，听到了很多损我的话。有位小说家阴阳怪气地说：我以为犯直露错误是我们的专利哪。还有位诗人说：这位先生开了直露史学的先河，将来一定青史留名。有位画家则说，老兄搞直露史学，怎么不通知兄弟一声？让我也能画几张插图，露上一手。这种话听上一句两句不要紧，听多了脸上出汗。我禁不住要辩解几句：诸位，我写的是我家里的人，是我嫡亲的娘舅。所以虽然犯了直露错误，还有些有情可原的地方。结果是那些人哄堂大笑起来，说道：以前还不知道，原来史学家干的就是这样的事呀！这种遭遇使我考哲学执照的决心更加坚定了。众所周知，哲学家很少会出格，就是出了格也是宣传部直接管，不会落到层次如此之低。

第四章

一

我到出版署的那个女孩家里去，带去了一瓶人头马。她住在郊区的一所花园公寓里，院子里有一棵樱桃树。每回我到她那里去，她都要带我去看那棵树。那棵树很大，弯弯曲曲的，能供好几个人上吊之用，看到它，心里就有一种不祥的预感。晚上花园里黑森森的，一棵老树一点都不好看。看完了那棵树回到客厅里，她让我陪她玩一会儿，还说：轻松一下。咱们是朋友嘛。最早一回“轻松”时，我是前俄国海军上将波将金，这个官儿着实不小；但她是沙皇叶卡婕琳娜。所以我要单膝下跪去吻她的手，并且带来了一个蛋糕，说是土耳其苏丹的人头。她让我把它全吃下去，害得我三天不想吃饭。上一回她是武则天；我是谁就不说了，免得辱没了祖宗——总而言之，我奏道：臣阳具伟岸。她就说：拿出来我看看——就这个样子也叫伟岸？搞得我很难堪。这一回她不过是个上世纪的女红卫兵，扎了两条羊角小辫，身穿绿色军装，手舞牛皮武装带，而我穿了一件蓝色中山服，头上戴了纸糊的高帽子。她大喝一声道：你们这些知识分子，三天不打，皮肉就发痒啊。我则哭咧咧地答道：思想没改造好——噢！错了，回小将的话，思想没改造好嘛。她说：那就要先触及你的肉体，后触及灵魂。你可有不同意见？我说：小的哪里敢。她说：胡扯。“小的”是什么时候的话，亏你还是史学家。我还真不知该说些什么（红卫兵哪有打人前问被打者意见的），只好说：就算我罪该万死，你来砸烂狗头好了。然后她就说：去！刷厕所！我去刷洗了厕所、厨房，回来的时候四肢酸痛，遍体鳞伤。奇怪的是她好像比我还要累，但要把我背上的淤伤算在内，也就不奇怪了。后来她往沙发上一躺，说道：和历史学家玩，真过瘾！二十世纪真是浪漫的世纪，不是吗？但我实在看不出它有什么浪漫的。假如让我来选择，我宁愿当波将金。这就是说，我以为十八世纪更加浪漫。但我也不想和督导大人争。

后来我就是哲学家了，这件事是这么发生的：我交了一篇哲学论文，通过了答辩，就得到了哲学博士学位；凭此学位，就拿到了哲学家的执照，前后花了两个月的时间。考虑到出版署执照处文史督导，也就是我师妹给我打了招呼，这个速度还不算太快。但假如没有人打这个招呼，我就是亚里士多德以来最伟大的哲学天才了。我现在有两张照，一张是粉红色的，上面有三个洞。另一张是大红色的，崭新崭新，也没有洞，像处女一样。从皮夹里拿出来一看，感觉真好。但我要时刻记住，我不是武则天，不是叶卡婕琳娜，也不是红卫兵。从本质上说，我和我舅舅是一类的人。虽然我舅舅拿不到执照，我能够拿到执照，但我拿到了执照，也只是为了在上面开洞。用督导大人的话来说，这就叫贱。我和我舅舅一样，有一点天才，因此就贱得很。

《传记报》来约我把我舅舅的传记写完，并且说，我想写啥就写啥，他们连稿都不审了。这个故事告诉我们说：同样一件事，如果你说是小说家的虚构，问题就很严重；假如说成历史事实，问题就轻微，但还是有问题。假如你说它是高深的隐喻，是玄虚的象征，是思辨的需要，那就一点问题都没有了。在第一种情况下，你要回答：你为什么要虚构成这样，动机何在，是何居心，简直一点辩解的余地都没有。在第二种情况下，你固然可以辩解说这件事真的发生过，人家也可以把眼一瞪，说道：我觉得这种事就不该发生！在第三种情况下，则是你把眼一瞪，说道：要我解释为什么这么写？我解释出来，你能听懂吗？很显然，这最后一种情形对作者最为有利，这也是我拼命要拿哲学照的原因。报纸关心这些事的原因是：作者出了问题，报纸也会被停刊、罚款。所以我舅舅的传记又开始连载时不叫人物传记，而叫哲理小说了。

读者反应还不坏，有人投书报社说，狄德罗写过《拉摩的侄子》，现在我们有了《我的舅舅》，实在好得很。还有人说，不管它是人物传记也好，哲理小说也罢，总之现在又有的看了。讨厌的是哲学界的同行老来找麻烦，比方说，有一位女权主义哲学家著文攻击我说：《我的舅舅》描述的实际上是一个父权制社会下个人受压制的故事，可惜这个故事被歪曲了。那位舅舅应该是女的（这样她就不是我舅舅，是我的姨妈），而F应该是男的（这样他就不叫F，叫做M）。这真叫扯淡，我舅舅是男是女，我还不知道吗。有一个公开的秘密想必你也知道了：大多数女权主义哲学家，不管她叫菊兰也好，淑芬也罢，净是些易装癖的男人，穿着高领毛衣来掩饰喉结，裙子底下是一双海船大小的高跟鞋，身上洒了过量的香水，放起屁来声动如雷；搞得大街上的收费厕所都立起了牌子：哲学家免入。你可以说我舅舅是数学家、小说家，但不能说他是哲学家；故而不管他所处的社会是不是父权社会，他都是男的。当然你也可以说，他不过凑巧是男的罢了。

说到我舅舅是男的，我就联想到我的哲学论文。众所周知，我是免了资格考试去拿哲学博士的，这种情况非常的招人恨。学位委员会的人势必要在答辩时给我点颜色看，故而做什么论文十分关键。假如我做科学哲学的论文，人家就会从天体物理一直盘问到高深数学，稍有答不上，马上就会招来这样的评语：什么样的阿猫阿狗也来考博士！学两声狗叫，老子放你过去。我做的是历史哲学论文，结果他们搬出大篆、西夏文、玛雅文来叫我识，等到我识不出来时，他们就叫我自杀。我赖着不肯死，他们才说：知道你有后门我们惹不起。滚吧，让你通过了。从以上叙述可知，哲学本身不可怕，可怕的是相关学科。女权主义哲学其实是最好的题目，只要你男扮女装到学位委员会面前一站，那些女委员都会眼前一亮。再说，除了花木兰、樊梨花，她们也真盘不出什么了。这种情况可以说明现在女权主义哲学家为什么特别多。我师妹也劝我做女权主义哲学，她说在这方面朋友多。我宁愿忍辱偷生，也不肯扮作女人。虽然我已说过，身为妇女儿童，不管是真还是假，都是一个护身符。还有一个最管用的护身符，那就是身为低智人。

二

我舅舅和F熟了以后，就常到F家里去做客，有时候他是臭老九，有时候他是波将金，有时他是犹太人；F有时是红卫兵，有时是女沙皇，有时是纳粹。在我的故事里，他始终也没有变成老屁，始终保持了一头黑油油的头发和沉郁的神情。这和历史不符，但我现在是哲学家，另有所本。所谓沉郁的神情，实际是创造力的象征。这是生命的一部分。我说我舅舅到死时还保有创造力，这也与事实不符。其实，在这个意义上，生命非常短暂。有的人活到了三十岁，有人活到了四十岁。有的人根本就没活过。我们知道，海明威在六十岁上感到自己丧失了创造力，就用猎枪把脑子轰掉。川端康成在七十岁上发现自己没有了创造力，就叼上了煤气管。实际上，从丧失了创造力到自己觉察到，还要很长一段时间。他们两位实际死掉的时间要早得多。

我现在还保有创造力，有关这一点，小姚阿姨是这么说的：你有点像你舅舅，就是比他坏得多。而我那位做督察的师妹有另一种表达方式：一见到你就想揍你一顿！众所周知，挨揍不是什么好滋味。她为什么那样的爱揍我是一个谜。她的头发有点自来卷，肤色黝黑，总爱穿黑色的内衣。她还有件夏天穿的绉纱上衣，是白底黑点的，领子上缀了一条黑丝带。说实在的，我就怕执照出毛病，但还是出了毛病。我给我师妹打电话，她说：连哲学照你都给弄上了洞，本事真不小啊！说吧，这一回你想要什么照？我说：这回什么照都不想要。你能不能介绍我到出版署工作？她沉吟了一阵说：师哥，你可要想好了。你要是在我们这里工作，写什么是都方便。但是出了毛病，就要往脑袋上打洞了。我说：打就打。晚上我到你那里去，要不要再带瓶人头马？这件事告诉我说，所谓创造力，其实出于死亡的本能。人要是把创造力当成自己的寿命，实际上就是把寿命往短里算。把吃饭屙屎的能力当做寿命，才是益寿延年之妙法。

我和我舅舅不同的地方是我有点驼背，皮肤苍白，胸前只有一些肋骨，没有肌肉。这是很不体面的，所以我加入了一个健身俱乐部，到那里去举哑铃，拉拉力器。练了一天，感觉肌肉酸痛，就再也不去了。夏天我也到海滨去过，在那里的沙滩上晒太阳，不过我又没耐性在沙滩上躺太久。所以我的皮肤还是像一张白色的无光纸。唯一像我舅舅的是那杆大枪，我师妹见了这个模样就捂着嘴笑起来说：师哥，你真是逗死了——快收起来吧。我不是我的舅舅，我师妹也不是F。我觉得她有点喜欢我，因此很放松，嘻嘻哈哈的，再加上她老叫我“收起来”，所以什么事也搞不成。因为这个原故，后来我就没当成出版署的公务员，也没当上我的师妹夫，这后一种身份又称“出版署家属”，非常好的护身符。我还拿着打了两个洞的哲学家执照鬼混——用它还能把我舅舅的故事写完，以后怎么办，再想办法吧。

【下篇】

我自己

第一章

一

我被取消了身份，也就是说，取消了旧的身份证、信用卡、住房、汽车、两张学术执照。连我的两个博士学位都被取消了。我的一切文件、档案、记录都被销毁——纸张进了粉碎机，磁记录被消了磁。与此同时，我和公司（全称社会治安综合治理总公司）的钱财账也两清了——这笔账是这么算的：我的一切归他们所有，包括我本人在内；他们则帮我免于进监狱。公司的人对我说，假如把你移交给司法机关，起码要判你三十年徒刑，还可能在你头上打洞，但是我们也不希望发生这样的事——这说明我们的工作没做好。他们给了我一个新的身份，我的名字叫M，我有一张蹩脚中学的毕业文凭，让我在一个建筑公司当工人，还给了我五块钱——考虑到我在银行里的五十万块存款都将归公司所有，只给这一点钱真是太少——然后开车送我去新的住处，有一样东西不用他们给，就是我的新模样。安置以前我有一点肚子，甚至可以说在发胖，现在已经尖嘴猴腮了。

有一件事必须补充说明，我现在犯的不光是直露错误，还有影射错误，因而万劫不复了。这后一条错误是公司的思想教育研究会发现的。我绝不敢说公司这样检举我，是为了扩大自己的营业额。我只是说，有这么一回事。

这个故事到此就该重新开始：某年某月某日下午，有一个M，他是个又瘦又高、三十岁的男子，穿着一件宽大的白色丝衬衣，一条黑色的呢料裤子，一双厚底的皮鞋，钻进了一辆黑色的大汽车（这辆汽车和殡仪馆的汽车有点像，并且也被叫做送人的车），前往东郊一个他不认识的地方。有两个穿黑衣服的男子陪他同去，并且在汽车后座上不断地敲打他的脑袋，拍打他的面颊，解开他衬衣的领扣，露出一小片苍白、消瘦的胸膛，说一些尖酸的话，但是意在给他打气。后来汽车在一座上世纪五十年代建成的旧砖楼前停了下来，同去的人在他后背上推了他一把说：你到了。并且递给他一张窄行打印纸，说：该记着的事都在上面。M从车上下来，走了几步，拍了一下前门，司机把玻璃放下来。M说：能给我几支烟吗？司机取出一个烟盒，往里看了看，说道：还有六支。递给他，并且问道：还有事吗？M摇摇头，转过身去，汽车就从他身后开走了。

此时天色将暗，旧楼前面有很多乱糟糟的小棚子。因为天有点凉，M 打了一个寒噤。然后他就走到那座旧楼里去，爬上砖砌的露天楼梯。那张打印纸上写着“四〇七”，也就是四楼七号。走廊上一盏灯都没有，所以也看不出哪里是几号。于是他随手敲了一家的房门，门开时，一个小个子女人用肩膀扛住门扇。M 想，我应该让她看个清楚，以免她不信任我，就一声不响地站着。从敞开的门里，传来一股羊肉炖萝卜的气味。据我所知，M 既不喜欢吃羊肉，也不喜欢吃萝卜，所以他对这股气味皱起了鼻子。那女人看清他以后让开了门，把头往里一摆，M 就走进去。这间房子里很热，因为有个房间里生了火。她用手一指说：往里走，给我看着孩子，饭一会儿就得。M 就朝里面走去，绕过了破旧的冰箱、破烂的家具，走进一间尿味扑鼻的房间，这里有两个小床，床上躺了两个婴儿，嘴里叼着橡皮奶嘴，瞪着眼睛看着他。M 想道，你们千万不要哭，哭起来我真不知怎么办好。这间房子里点了一盏昏黄的灯。那个女人在厨房里说：你会做饭吗？ M 说：不会。她又问：会不会鼓捣电器？他想到自己过去学过物理，就说：会一点。于是她说：那还好，不是白吃饭。

在被重新安置（也就是说，被取消了旧身份，换上新身份）之前，我上过两星期的学习班。如前所述，参加学习班原本就是我生活的一部分，但这回和以往不同：除了让你检讨错误，还讲一些注意事项。最重要的是，我们不要回到原来住的地方，也不要和过去认识的人取得联系，假如这样做了的话，“重新安置”就算无效，我们过去犯的错误也就不能一笔勾销了。我们当然明白，这是暗示我们将住监狱。重新安置了以后，我们既没有妻子（或者丈夫），也没有儿女。假如原先有，公司也会替我们处理，或者离婚，或者替我们抚养。要知道我们这些人都是挺有钱的，现在一切都归他们了。我记得讲到这里时，会场上一片不满的嘘声。公司的代表不得不提高嗓音说：这就够好的了，要知道在上个世纪，你们这些人不是去北大荒，就是去大戈壁，而现在你们都安置在北京城里！作为一个史学家，我不用他提醒我这个。我只关心重新安置了以后，活不下去怎么办。公司的代表回答说，假如大家都活不下去，就会产生新的治安问题。他们不会让我们活不下去的。我们会有新的家庭、新的妻子或者丈夫，这些公司会安排。我认为，我未来的妻子是什么样的，最好现在就形容一下。但公司的代表认为，这不是我该或者我配关心的问题。

还有一个问题，我们这些人可不可以互相联系，以便彼此有个照应？公司的人说：绝对不可以。我们之间不能横向串连，也许公司会安排我们彼此认识，除此之外，一切联系都不可以有。这些问题都明确了以后，我就开始想象，在公司给我安排的新家里有什么。我怎么也没想到会有一个半老不老的婆子，还有一对双胞胎。还有这么辛辣的骚味。在昏黄的灯光下，我四处张望，看到这座旧砖楼满是裂缝，还有一只大到不得了的蟑螂爬在房顶上。我必须吃我不爱吃的羊肉萝卜汤，还要在这间骚烘烘的屋子里和那个小个子女人做爱——这是那种一间半一套的房子，除了这个大房间，还有一间小得像块豆腐干。那个小个子女人脸上满是皱纹，额头正上方有一绺白头发——这些事情我都不喜欢，很不幸的是，它们没有发生。后来那个女人看了我拿的那张窄行打印纸，发现我该去四〇七，而这里是四〇八，就把我撵到隔壁去了。那间房子敞着门，满地尘土和碎纸片。我不必吃不喜欢的羊肉炖萝卜了，这是个好消息。坏消息是什么可吃的都没有，连晚饭都没有了。

二

M 重新安置后的第一个夜晚在四〇七室度过。这套房子的玻璃破了不少，其中一些用三合板、厚纸板堵上了，还有不少是敞开的，张着碎玻璃的大嘴。这房子和四〇八是一样的，在那个大房间的地上放了一个旧床垫，还有一个旧冰箱，有一盏电灯挂在空中，但是不亮。奇怪的是，打开冰箱的门，里面的灯却是亮的。他借着冰箱里的灯光检查了这间房子，看到了满地的碎玻璃。当然，冰箱里除了霉斑、一个烂得像泡屎的苹果之外，什么都没有了。后来他就在那个床垫上睡了一夜，感觉到了床垫里的每一根弹簧。凌晨时分他爬了起来，就着晨光在暖气片上找到了一盒火柴，一连吸了三支烟，还看到一只老鼠从房子中间跑过去了。后来他就出门去，想到附近捡点垃圾——另一个说法是别人废弃的东西——来装点这间房子。但是在这片破旧、快被拆除的楼房附近，想捡点什么还真不容易——除了烂纸、塑料袋子，偶尔也能见到木制品，但是木头已经糟朽掉了。

我扛着一把白色的破椅子回家时，又想起我那辆火鸟牌赛车来。那辆车是我从公司的拍卖场买来的，买的时候崭新，而且便宜得叫人难以置信。后来我又把它开回公司的拍卖场，这叫我对因果报应之说很感兴趣了，因为我知道，这辆崭新的车还会以便宜到令人难以置信的价格卖掉。假如一个人死了，他生前穿的衣服也只能很便宜地卖掉，尤其是他断气时穿的那一件。所以到公司的拍卖场去买东西，不仅是贪小便宜，而且性格里还要有些邪恶的品性。我在车里留了一盘录音，告诉在我之后那个贪小便宜的家伙这些事，并且预言他也会被重新安置。这是因为敢贪这种小便宜的人胆子都大，而胆子大的人早晚都要被安置。没了这辆车，到哪里都要走路，实在不习惯，除此之外，我还穿了不合脚的皮鞋，这更加重了我的痛苦。扒了半天的垃圾，我身上的白衬衣也变成灰色的了。

我就这么一瘸一拐地扛着椅子走回家来，发现那张破床垫上坐了一个女人，梳着时髦的短头发，大约二十四五岁，长得也很时髦——也就是说，虽然细胳膊细腿，但是小腿上肌肉很发达，看来是练过——但是穿得乱糟糟。上身是件碎玻璃式的府绸衬衫，下身是条满是油渍的呢裙子，脚下是一双皮带的厚底鞋，四边都磨起了毛。她看到我回来，就拿出一张窄行打印纸来，问这里是不是四〇七。我把椅子放下来，坐在上面说：把这破纸条扔了吧，现在没有用了。而且我还对她说：你原该穿件旧衣服的，现在天凉啊。

我说过，在被重新安置之前，有一阵子我总得到公司里去。那时候我和往常一样，开了一辆红色的火鸟牌赛车，但我那阵子总穿一套黑色西服，好像家里死了人，这可和往常不一样。最后一点是公司要求的，他们还要求我们在胸前佩戴个大大的红 D 字。这一点叫人想起了霍桑的《红字》，公司的人也知道，所以笑着解释说：诸位，这纯属偶合。他们提供做好的红字，底下还有不干胶，一粘就能粘上。我还发现这种胶留下的污渍用手一搓就掉，不污衣服，当时以为公司在为我们着想，后来发现不是的。在重新安置那一天，坐上送人的车之前，送我的人上下打量了我几眼，说道：把衣服脱下来。他看我目瞪口呆，就进一步解释说：你跟公司定的合同里有一条，重新安置以后，你原有的一切财产归公司所有——还记得吧？我这才恍然大悟道：衣服也算？他说：废话！这么好的衣服，怎么能不算？按照他的原定方针，就要把我扒得只剩一条短裤。说了好半天，才把长裤和衬衣保住了，至于我现在穿的这双厚底皮鞋，是用一双鳄鱼皮的轻便鞋和送人的家伙换的。那些家伙都是从贫困地区雇来的农民工，财迷得要命。他们还说：你今天就该穿几件旧衣服——现在天凉啊。这件事可以说明公司为什么要提供不污损衣服的不干胶：为了剥我们。它也能说明该女人出现在我面前时，为何衣冠不整。我听说公司也雇了一些女农民工，而且女人往往比男的更财迷。我以为拿这个开玩笑很有幽默感，但是那个女人很没幽默感地说道：你现在说这个已经晚了。后来她还一本正经地从床垫上站了起来，把手伸给我，做了自我介绍，我也一本正经地吻了她的手，告诉她，我是何许人也。这样我们就在落难时表现了君子和淑女的风度，但是不知表现给谁看。她说她是画家，搞现代艺术搞到这里来了。我说我是史学家、哲学家，写了一本《我的舅舅》，把我自己送到这里来了。她说她听说过我；我说真抱歉，我没听说过她，所以我就不能说久仰的话了。

后来在那间破房子里，我们生造了很多新词，比方说，安置后——重新安置以后，安置前——重新安置以前，错误——安置的原因；以此来便利交谈。晚上睡觉时有两个选择：睡床还是睡板。睡床就是睡在破床垫上，睡板则是睡在搭在砖头上的木板上。我总是坚持睡板，表面上是对女士有所照顾，其实我发现板比床舒服。这位女士告诉我说，她的错误是搞了现代艺术，我对这一点不大相信。众所周知，男人被安置的原因大多是“思想”错误，女人被安置的原因大多是“自由”错误。所谓自由，是指性自由。当然，我也没指望一位女士犯了这种错误会和男人说实话。

有关这个女人的事，我可以预先说明几句：她先告诉我说，她是画家，后来又说自己是个“鸡”，也就是高级妓女。后来她又说自己是心理学家。我也不知该信哪个好了。我对她的态度是：你乐意当什么，就当什么好了；而且不管你说自己是什么，我都不信。我开头告诉她，我是史学家，后来说我是哲学家，最后又说自己是作家，说的都是实话，但也没指望她会信，因为太像信口开河了。我们俩如此的互不信任，不能怪我们缺少诚意，只能怪真的太像是假的，假的又太像真的了。

三

假如我叫 M 的话，和我住在同一间房子里的那女人就该叫做 F 了。在安置前，所有的 F 和 M 都在公司的地下车库办学习班，那车库很大，我们在一头，她们在另一头，从来不聚在一起，但是有时在路上可以碰见。我们 M 胸前佩了 D 字以后，多少有点灰头土脸的感觉，走到外面低头驼背，直到进了车库才能直起腰来。而F则不是这样。她们身材苗条、面目姣好，昂首挺胸地走来走去，全不在乎胸前的D字。假如和我们走到对面，就朝我们微笑一下，但绝不交谈。我的一位学友说，她们都是假的，是公司雇来的演员或模特儿。看上去还真有点像，但这位学友是怀疑主义哲学家，犯的是怀疑主义错误；假如不是这样，我就会更相信他的说法。顺便说一句，这位学友一点骨气都没有，成天哭咧咧地说：我的怀疑主义是一种哲学流派，可不是怀疑党、怀疑社会主义呀！假如一只肥猪哭咧咧地对屠夫说：我是长了一身膘，但也没犯该杀之罪呀，后者可会放过它？当然，没有骨气的人，看法不一定全错，但我更乐意他是错的。现在我房间里有一个F，似乎已经证明他错了。

上完班疲惫地走回家，发现这间房子完全被水洗过了，原来的骚气、尘土气，被水气、肥皂气所取代；当我坐在床垫上解鞋带时，F从厨房里出来，高高挽着袖子，手被冷水浸得红扑扑的。她对我说：把衬衣脱下来，现在洗洗，晚上就干了。这时我心情还不坏。后来我光着膀子躺在烂床垫上说：你哪天去上班哪？问了这句话以后，心情就坏了。

我已经说过，安置后我是个建筑工人，所以我就去上班。在此之前，我对这个职业还有些幻想，因为建筑工人挣钱很多，尤其是高空作业的建筑工。上了班之后这种幻想就没有了。他们把我安置到的那个地方名叫某某建筑公司，却在东直门外一个小胡同里，小小的一家门面房，里面有几个面相凶恶的人，而且脏得厉害。其实这是个修理危旧房屋的修建队。人家问我：干过什么？我说：史学家，哲学家，等等。对方就说：我们是建筑队——你会干什么？我只好承认自己什么都不会，人家就叫我去当小工。这时候我又暗示自己可以记记账，做做办公室工作，人家则狠狠地白了我一眼。于是我就爬上房去，手持了一根长把勺子去浇沥青，还得叫一个满脸粉刺的小家伙“师傅”。下班时那小子说：明天记着，一上了班，先要给师傅“上烟”——咱们是干一天拿一天钱，不合意可以早散伙。我答应着“哎”，心里却在想：给死人是上香，给你是上烟，我就当你死了吧。沥青是有毒的，闻了那种味直恶心；房顶上没有遮阴的地方，晒得我头晕脑涨；我两个胳臂疼得像要掉下来——假如掉下来就不疼，我倒希望它们掉下来；这个工作唯一的好处，就是每天算一次账，当天就有工资，解了我的燃眉之急。我上班的情形就是这样。

现在该说说那个D的含义了，公司的人说，D是delivery（发送）之意。安置就是把我们发送出去。听了这个解释之后，我就觉得自己是个邮包，很不自在。他们说，我们这种包裹有两种寄法，一是寄给别人，二是寄给我们自己。在前一种情况下，必须要有肯要我们的人，举例言之，四〇八那位太太。她是个退休的小学教师（有二十年教龄就可退休，所以她年龄不太大），四十二岁结了婚，四十三岁生了双胞胎，同时遭丈夫遗弃，就到公司去申请了一个丈夫。头天晚上，她以为我就是那个邮包——这种错误是可以想象的，嫌我太瘦弱，但没有说。后来她收到了真的丈夫，是个出租车司机，同时又是个假释的刑事犯（公司的业务也包括安置这种人），虽然不瘦弱，却天天揍她，还说：你敢去公司诉苦，我就宰了你。但这都是后话了。我和F属于后一种情况，在公司学习时，他们说，对这类情形要实行三搭配：男女搭配，高低搭配，错误搭配。第一条是指性别，第二条是指收入，最后一条指什么我也不知道。说实在的，我对第二条抱很大希望，因为我已经是个每天只挣二十块钱的小工了，她再挣得少，那就没法活。我问她哪天去上班，她说：我已经上班了。我问：在哪儿？她说：在这儿。公司给我安置的职业是家庭主妇。听了这话，我都快晕过去了。她还怕我晕不掉，从厨房里跑出来说，我给你做家务，你可要养我呀！我万分沮丧，无可奈何地说：安置前你怎不这样讲？

众所周知，二十一世纪女权高涨，假如有位女士对男友说：我让你养我，这是至高的求爱之词。安置之前假如有位女人对我这么说，我一定会养她，除非她是安徽来的小保姆。而不养安徽小保姆，绝非因为藐视那个省份，而是一养就要养一大批人，包括她爹妈、她的七大姑八大姨，还有堂兄表弟之类，而且这些表兄弟里还有一个是她指腹为婚的未婚夫，就在你眼皮底下不干不净；这种现象被人叫做“徽班进京”，多的时候一班有一二百人。

所以，男人养了一个女友或是妻子，实在是体面得很，但是很难养到。有位女士说过：谁要养我，必须满足三个条件：一、长得要像阿波罗（指雕像）；二、阴茎不短于八英寸；三、年收入在百万元以上。这些条件，尤其是第二条，极难满足——因为中国男人很少长这么大，而且这么大并无用处，所以也就是瞎说说罢了——所以男人家里很少有主妇。倒是有时到某位女士家里做客时，能看到一位很体面的小伙子。主人指着他说：我先生，我养着他。偷偷和他聊几句时，他皱着眉头说：没办法，想过家庭生活——与此同时，听到河东狮吼：你们在干啥？要搞同性恋吗？他赶紧灰溜溜去陪老婆，不敢像主妇那样吼起来：我和人说几句话也不行吗？这说明男人的条件不那么苛刻。综上所述，有女人要我养，我不能拒绝。我只能委婉地和她算这本账：每天二十块钱，咱们两个人，怎么活呀？

F告诉我说，只要省吃俭用，两个人花二十块钱也能活。吃的方面，我们只吃粗茶淡饭，她决不追求比我吃得好；穿的方面她也可以凑合，只是要买一两件时装和几件内衣（我皱着眉头指出，这些东西贵得很），再加上一点起码的化妆品、卫生用品，她就不再要求什么了。我知道这是要求我每年出勤三百五十天，天天腰酸腿疼，生不如死。这样规划了以后，她就把我今天的全部工资搜去，一个子儿也不留。然后她到厨房里去做饭，我则躺倒在旧床垫上长吁短叹。

四

从前述的情节里，你一定能想到安置是四月底的事。那时候北京常是阴雨天气，就是不下雨，天也阴得黄惨惨的。就算是风和日丽，我也没有好心情。到了五月初，天就会连续晴朗。五月一日放假，当然也没有工资。我心情比初安置时好了一些，像一个男人一样收拾了这间房子，用捡来的塑料薄膜把窗子上的碎玻璃补上，然后爬上房顶，用新学会的手艺修补漏雨的地方。在干这件事的同时，凭高眺望这片拆迁区。当然，景色没有什么出奇之处。在四周玻璃大厦的蓝色反光之下，这里有十几座土红色的砖楼，楼前长着树皮皴裂的赤杨树。楼前面还有乱糟糟的小棚子，是多年以前原住户盖起来的，现在顶上翘着油毡片。我还看到最北面那座楼房正在拆，北京城和近五十年来的每个时期一样，在吐出大量的房渣土。这个景象给我一个启迪，我从房顶上下去对F说：等我们这座楼被拆掉时，就可以搬出去住好房子了。她笑吟吟地看着我说：住好房子？付得起房租吗？这使我相当丧气，但还是不死心，说道：也许我可以考个电工什么的；你也可以去考个秘书，这样可以增加收入。她继续笑了一下，就转过身去。然后我就更丧气地想到了和公司定的合同：服从公司的安置，不得自行改换工作。我很可能要当一辈子的小工，住一辈子拆迁区。本来我还想下午去外面找找，看哪个废弃的房间里有门，把它拆回来安在自己家的卫生间里；但是我没了情绪，就在床垫上躺过了那一天余下的时间。那一阵子我总是这样没精打采——因为实在没有什么事可高兴的。

有关我想考电工的事，还有必要补充几句。人到了我这个地步，总免不了要打自己的主意，想想还能做点什么。作为一个物理系的毕业生，很容易想到去考电工。而作为一个喜欢在公路上和人赛车的人，我又想去考垃圾车司机。这些奇思异想都是因为当小工太累，挣钱又太少，还要受那个小兔崽子师傅的气。每次我说起这类的话头，F总是那么干脆地打断我。假如她能顺着我说几句，我也能体验一点幻想的快乐。这娘们没有一点同情心。

《我的舅舅》得了汉语布克奖，为此公司派车把我从工地上接了去，告诉我这个消息。这个奖的钱不多，只有五千块，在我现在的情况下也算是一笔款子了。我向来是喜怒不形于色的，但是当坐在我对面的公司代表说“祝贺我们吧”时，还是面露不快之色：这和你们有什么关系？他说：怎么没有关系？你忘了我们的合同吗？你的一切归我们所有，而我们则重新安置你。其实不等他提醒，我就想起来了。我站起身来说：谢谢你告诉我这件事，我要回家了。他说：别着急呀，现在还用得着你。你得去把奖领回来，还得出席一个招待会……我说：我哪里都不想去。那人就拉下脸来说：合同上可有缔约双方保证合作的条款，你想毁约吗？我当然不想毁约，毁约也拿不回损失的东西，还要白白住监狱。然后我就被带去洗澡，换上他们给我准备的体面衣服，到 U.K. 使馆去。有两个彪形大汉陪我去，路上继续对我进行教育：怎么着，哥们儿，不乐意呀？不乐意别犯错误哇。我说：我不犯错误会落到你们手里吗？他们说：也对。你们不犯错误，我们也没生意。但是，“这我们就管不着了”。

作为一个史学家，我马上就想到了“这我们就管不着了”像什么——它像上世纪六十年代林彪说自己是天才的那句话：我的脑袋特别灵，没办法，爹妈给的嘛。“这我们就管不着了”和“没办法”是一个意思，带着一种无可奈何的自豪心情，使我气愤得很。我想找个没人的地方骂几句。在汽车里不能骂，在 U.K. 使馆更不能骂，那儿的人对“cao”“bi”这类的音节特敏感，一听见就回答“fuck you”，比听见“how do you do”反应还快。我忍了一口气，在招待会上狼吞虎咽，打饱嗝，而且偷东西。这后一种行径以前没有练习过，但是我发现这并不难，尤其是别人把你当个体面人，不加防备时。我共计偷掉了两个镀金打火机、四把刀叉、四盒香烟，还偷了一本书。公司陪我的人只顾听我在说什么，一点没看见这些三只手的行径。不幸的是我吃不惯那些 cheese，回来大泻特泻。我觉得自己赚回来了一点。既然我的一切，包括体面都归你们所有，那我就去出乖露丑。为公司跑了这一趟，回来以后得了一个信封，里面装了十五块钱（这是误工费，公司代表说），还有一通说教。他们说我没有体面，表现不好。

晚上回家，我告诉F今天发生的事，还告诉她我在招待会上捣了一顿乱，多少捞回了一点。她说我还差得远，公司从这个布克奖里得到的不只是五千块钱。《我的舅舅》得了奖后，肯定比过去畅销。会出外文本，还能卖电影改编权。所以我该平平气，往前看，还会有前途。往前看，我只能看到自己是个浇沥青的小工，所以气也不能平。她又从另一面来开导我：你不过是得了布克奖，还有得诺贝尔文学奖的呢。这话倒也不错，从公司的宣传材料里我知道，被安置的人里有诺贝尔文学奖的得主、霍梅尼文学奖得主、海明威小说奖得主，有教皇科学院院士、第三世界科学院院士、撒旦学院院士（这最后一位我还认识，他是研究魔鬼学的），他们大家都犯了错误，在公司的安置下获得了新生。相比之下，我又算得了什么呢。所以我拿起了一根撬棍，对F说，我出去找找门，找到了回来叫你。我已经说过了吧，我们的房间里少一扇门。后来我真的找到一扇很好的门，把它从门框上卸了下来。等到招呼F把它抬回家里后，我又懒得把它再安到卫生间门框上，因为我的情绪已经变坏了。我的情绪就像小孩子的脸，说坏就坏，一点控制不住。而且我也不想控制。

五

如前所述，有一个叫做M的男人和一个叫做F的女人，在某年四月底遭到安置，来到一间拆迁区的房子里。鉴于M就是我本人，用不着多做介绍。F的样子我也说过一些，她身材细高、四肢纤长、眉清目秀，后来我还看到她乳房不大，脐窝浅陷。除此之外，她在家里的举动也很有风度，这就使我想起一位学友的话：所有的F都是演员，或者雇来的模特儿。

F对我说，你要警惕“重新安置综合征”。我说：你不嫌绕嘴吗？她说：那就叫它“安置综合征”，我还是嫌它太长。最后约定叫做“综合”，我才满意了。所谓综合，是指安置以后的一种心理疾病，表现为万念俱灰，情绪悲观，什么都懒得干。各种症状中最有趣的一条是厌倦话语，喜欢用简称。在公司受训时，听到过各种例子：有人把“精神文明建设”简化到了“精神”，又简化到了“精”，最后简化成“米”；把“社会治安综合治理总公司”简化成“公”，最后又简化成了“八”；把自己从“重新安置后人员”简称为“员”，后来又简称为“贝”。所以公司招我们这种人去训话（这句话未经简化的原始形态是：“社会治安综合治理总公司向重新安置人员布置精神文明建设工作”）就成了“八贝米”；由拆字简化，造成了一种极可怕的黑话。我现在正犯这种毛病。这种毛病的可怕之处在于会导致性行为的变化，先是性欲减退，然后异性恋男人会变成被动的同性恋者，简称“屁”，最后简称“比”。我对F说：怕我比？我还不至于。她居然能听懂，答道：你不比，我在这里还有意义。你比，我就爱莫能助了。

我承认自己有点综合，比了没有，自己都不清楚。心情沮丧是不争的事实，但我也很累。成天浇沥青、搬洋灰袋子——第一次把一袋洋灰扛到房顶上时，我自己都有点诧异：原来我还这么有劲哪——下了班老想往床上躺。说实在的，过去我干的力气活都在床上，现在已经在床外出了力，回到它上面自然只想休息。这时F露出肌肉坚实的小腿，从它旁边走过去，有时我也想在她腿上捏一把，但同时又觉得胳臂太疼了，不能伸出去。她就这样走进了卫生间，坐在马桶上。我已经说过，卫生间没有门，她在门上挂了一块帘子，故而她坐在马桶上，我还能看到她的脚，还能看到她把马桶刷得极白。这时候她对我说：什么时候把门给咱安上呀。这件事没有她想象的那么容易，我得找木匠借刨子，把那个破门刨刨，还得买钉锦、买螺丝，甚至应该把它用白漆刷刷；这样一想，还没去干，心里就很烦的了。但我没有这样详细地回答她，只是简约地答道：哎。然后她站了起来，提起了裙子，然后水箱轰鸣，她走了出来。尽管是从这样一个地方、伴随着这样一些声响走出来，F依然风姿绰约。看到她，我就觉得自己不该比。但是我有心无力。

作为一个史学家，我想到这样一些事：在古代汉语里，把一个不比的男人和一个有魅力的女人放在一起时他想干的事叫做“人道”，简称“人”。这说明祖先也有一点综合。晚上睡在板上，对自己能不能人的问题感到格外关切。F从板边上走过去，坐在床垫上，我看到她裙子上的油渍没有了，上衣也变得很平整。她告诉我说：我从四〇八借了熨斗。然后使劲看了我一眼（仿佛要提醒我的注意），把裙子脱了下来，里面是光洁修长的两条腿，还有一条白色的丝内裤，里面隐隐含着黑色。当她伸手到胸前解扣子时，我翻了一个身，面朝墙壁说道：你说过，要买几件衣服？她说：是呀。我说：买吧。要我陪你去？她说：不用。我说那就好。在她熄灯以前，我始终面向墙壁。在我身后，F脱衣就寝，很自然地露出了美好的身体。我有权利看到这个身体，但我不想看。

六

安置一个月后，我们又回公司去听训，这是合同规定的。那天早上我对F说：今天回公司，你不去吗？她说：我们要晚半周。因为她比我来得晚，这种解释合情合理。我走到公司的栅栏门外，对传达室说了我的合同号，里面递出一件马甲来，并且说：记着，还回来。那件马甲是黑色的，胸前有个红色的D字。我穿上它走到地下车库里，看到大家三五成群散在整个车库里，都在说这个月里发生的事。我想找那位怀疑主义的学兄，但到处都找不到。后来听说他已经死掉了。人家把他安置在屠宰厂，让他往传动带上赶猪，他却自己进去了。对于这件事有三种可能的解释：其一，不小心掉进去的；其二，自己跳进去的；最后，被猪赶进去的。因为屠宰厂里面是全自动化的，所以他就被宰掉了，但是他的骨骼和猪还是很不一样，肢解起来的方法也不同，所以终于难倒了一个智能机器人，导致了停工，但这时他已经不大完整——手脚都被卸掉，混到猪蹄子里了。经大力寻找，找到了一只手两只脚，还有一只手没找到。市府已经提醒市民注意：在超级市场买猪蹄时，务必要仔细看货。还有一个家伙打熬不住，跑去找前妻借钱。前妻报了警，他已经被收押了，听说要重判。除了他们两位，大家都平安。到处都在讨论什么工作好，比方说，在妇女俱乐部的桑那浴室里卖冷饮，每天可以得不少小费，或者看守收费厕所，可以贪污门票钱；什么工作坏，比方说，在火车站当计件的装卸工。我的工作是最坏的一类，所以我对这种谈话没有了兴趣，从人群里走出来，打量时而走过的F们。她们也穿着黑马甲，但是都相当合身，而且马甲下面的白衬衣都那样一尘不染。有时候我站在她要走的路上，她就嫣然一笑，从旁边绕过去——姿仪万方。我虽然不是怀疑主义哲学家，但也有点相信那位死在屠场里的老兄了。后来散会以后，公司留些人个别谈话，谢天谢地，其中没有我。

我从U.K.使馆偷了一本书，它是我自己写的，书名叫做《我的舅舅》；扉页上写着××兄惠存，底下署着我自己的名字。很显然，它是我那天晚上题写的几十本书之一，书主把它放在餐桌或者沙发上，我就把它偷走了。按我现在的经济能力，的确买不起什么书，不管它是不是我自己写的，有没有六折优待。我回家时，F正平躺在床垫上，手里拿着那本书。她把视线从书上移开片刻，说道：你回来了。我没有回答，坐在椅子上脱掉皮鞋，心里想着，无论如何要弄双轻便鞋。后来她说：这书很好看。过了片刻又说：很逗。出于某种积习，我顺嘴答道：谢谢。她就坐了起来，看看那书的封面，说道：这书原来是你写的——真对不起，我看书从来不看书名。这种做法真是气派万千——把世界上所有的书当一本看，而且把所有的作者一笔抹杀。我觉得演员或者时装模特儿不可能有这么大的派，对她的疑心也减少了。那天下午上工之前，我就把卫生间的门装上了。

以上故事又可以简述如下，F和M被安置在一起，因为她始终保持了风度，还因为M有一位怀疑主义的学兄，所以他对她疑虑重重。后来怀疑主义的学兄死掉了，还因为别的原因，M决定把这些疑虑暂时放到一旁，和她搭伙干些必要的事。不知道你是否记得，我小时候在自己家的院子里搭过帐篷，在里面鼓捣半导体。这种事实说明我在工艺方面有些天赋，除此之外，我这个人从来就不太老实。所以后来我就从建筑队里偷了油漆、木料，还有建筑材料，把那间房子弄得像了点样子，还做了一张双人床。这个故事和《鲁滨逊漂流记》的某些部分有点雷同，除了那张双人床。

那张床的事是这样的：有一天上班我给那位操蛋师傅上烟时，把整整一盒烟塞到他口袋里，而且说：我要给自己做张床。他说他不管，但是他看到工地上有一捆木檩条。这捆檩条我早就看到了。然后我给了木匠师傅一盒烟，说了我要做床的事，他说他也不管，就去找别人聊大天。然后我打开一盒烟，散给在场的每一个人，就把那捆檩条拖出来，依次使用电锯、电刨子、开榫机，把檩条做成床的部件，然后打成捆，塞到角落里。我干这件事时，大伙都视而不见。直到干完，才有人对我说：你好像干过木匠活。我告诉他小时候干过，他就说：下回我打家具找你帮忙。天黑以后，我叫F和我一道来工地把那一捆木头拿了回去，当夜就组装成床架。我不记得鲁滨逊干过这种事。在此之前，我已经把床垫拆开修好了，F还把破的地方补了补丁。我们把床垫从地上抬起来，放在床板上，就完成了整个造床过程。它是一件很像样的家具，但很难说清它是我自己造的，还是偷来的。初次睡在上面时，我心花怒放。当你很穷时，用上了偷来的东西，实在是很开心的事。临睡时，我甚至一时兴起，给F解开了脖子下面的两个扣子。F依旧很矜持，但是脸也有点红。后来她就在昏暗的灯光下躺在我身旁，身上有一副乳罩和一条内裤，都是粉色的。我也饶有兴致地看着她窄窄的溜肩，还有别的地方。F目不斜视，但我看出她在等待我伸手去解开她的内衣。说实在的，我已经伸手准备这样干了，但是我又觉得这粉红色的内衣有点陌生，就顺嘴问了一句。她说是她买的。我问什么时候买的，她说前天。忽然间，我情绪一落千丈，就缩回手去。又过了一会儿，我说：睡吧。就闭上了眼睛。再过了一会儿，F 关上了电灯。我们俩都在黑暗中了。

怀疑主义的学兄说，公司怕我们对合同反悔，就雇了一大批漂亮小姐，假装待安置人员，用她们来鼓舞我们的士气。假如此说是成立的，那么她们的工作就该只是穿上佩有红色 D 字的衣服在公司里走走，不会有一个 F 来到我家里。现在既然有一个 F 睡在我身边，我应该狐疑尽释，茅塞顿开，但我还是觉得不对头——她和我好像根本不是一类东西。在这种情况下，我当然想再听听那位学兄的高见，可惜他死掉了。我和 F 睡在一个床上时，就在想这些问题。后来她说：喂。我说：什么？她说：你该不是舍不得钱给我买衣服吧？我说：不是。她说：那我就放心了。过了一会儿，她都睡着了，我又把她叫醒，告诉她说：我当然不反对你去买衣服，不过，你那些衣服假如不是买的，而是偷来的，那就更好了。我怎么会说出这些话来，这些话是什么意思，我自己都无法解释。就着窗外的路灯光，我看到 F 大睁着眼睛在想。忽然她嘿嘿一笑，说道：我明白了。她明白了些什么，我也是不清楚。

第二章

一

晚上我回家时，床上好像摆了摊，放满了各种颜色的内衣、口红、小镜子。F告诉我说，今天大有斩获。她现在每天都去逛商场，顺手偷些小东西回来，然后就开这种展览会。我把它们拂开，给自己腾出个地方坐下说：没给我偷点什么？她说：有。就递给我一个纸盒子。不用看就知道里面是避孕套。她还说：不知道你的号。说着露出想笑的样子。我把这盒子放到一边——我不觉得有什么好笑。于是她把笑容从脸上散去，说：我给你弄饭去，就走开了。我坐在床边上解鞋带，嘴里忽然冒出一句来：你是演员吗？直到听到F回答说：不是。我才领悟到那句问话是从我嘴里冒出来。然后她从厨房里跑出来说：你问这个干吗？我信口说：没什么，我觉得你长得像个演员。她说道：谢谢。就回厨房里去了。也许你会说，这样的关系就叫相敬如宾。但我知道不是的。我和她的关系实际上是互相不予深究——我对她那种可疑的演员似的做派不予深究，她对我的性无能也不予深究。假如深究的话，早就过不到一块了。

我对自己也不予深究，假如深究的话，就会问：我干吗要写《我的舅舅》，我干吗要买那辆赛车和那所房子？一个答案就在眼前：我总得干点事吧，写几本书、挣点钱、买点东西；然后就冒出个反答案：瞧瞧你干出的结果！我倒是写了不少书，挣了不少钱，也买了不少东西，但是都被公司拿去了。这样自问自答永无休止，既然如此，就不如问都不问。话虽如此说，问话的神经却不是我能控制的。晚上睡觉的时候，我又问了一句：你真是画家吗？F听到这话时愣住了。

我说过，在公司的地下车库里，当所有的M都在讨论什么活儿好、什么活儿坏时，F们却穿着合身的马甲，挺着小巧玲珑的胸膛走来走去。我曾经拦住了一个，她压低了声音说道：对不起。就从我身边绕过去。说实话，我说不出那个F和眼前这个有何区别；眼前这个F从四〇七走出去，到了公司的地下车库里，我也分辨不出来。她们对我来说，每一个都是漂亮的年轻女人，仅此而已。她们和我毫无关系。我不明白的只是：假如她们像我们一样，都是艺术家、哲学家，何以在我们一个个灰头土脸时落落大方、丝毫也不感到屈辱呢。F深深地吸了一口气，说道：我是鸡。她脸上泛起一抹红晕，看了我一眼。我不动声色。她又说：他们让我打小报告，我没打。我长出了一口气，问道：那你以后准备怎么样呢？她说：先这样吧。

我应该解释一下和F的对话。F说，她是鸡。这就是说，她是那种出没于大饭店的高级妓女。有一天，她被人逮住了，重新安置到我这里；但有可能是暂时的，假如她把我的一言一行都汇报上去的话。她还说，她没有汇报我，假如是真的，那倒值得感谢。不过世界上的这种话都不可信，而且就是她去汇报，也只能汇报出我小偷小摸，没有什么严重性。对于她的话，我没有发现什么特别不可信的地方，也没发现什么特别可信的地方。安置前假如我遇到了一个“鸡”和我睡在一个房间里，那我一定要刨根问底，问出她的身世、教育、收入、社会交往。但我现在已经没有那么广泛的兴趣，只是轻描淡写地说了一声：是吗。就结束了问话。

在安置前，我没有打过鸡，换言之，我没有嫖过妓。一般来说，这种情形有两种解释：有洁癖，或者特别胆小。我却既没有洁癖也不特别胆小，只是怕麻烦。我告诉F这件事，她说：那你一定特别懒。我说：随你怎么想，就熄灯睡觉了。但是翻来覆去睡不着，因为她不是演员，而是鸡。后来我伸手把灯又打开，与此同时她翻身起来，坐在灯下，身上穿了一只真丝的胸罩和真丝的内裤，都是偷来的。我把手朝她伸去，中途又改变了主意，用目光在她胸前一瞟，然后说：解开吧。她把胸罩解开，我就看到了一对小而精致的乳房，很好看的，但是像隔着玻璃看一样。几年前，我在美国的新奥尔良，就隔着玻璃看到过这样一对乳房，长在一位脱衣舞女身上，现在的心情和当时一样。那位舞女下场后，我还和她聊过几句。她说脱衣舞是一门艺术。后来我伸手到床头取了一支烟，F也取了一支，放到嘴边说道：啵。我伸手拿了打火机，伸到她胸前，给她点了烟；然后缩回来给自己点上烟。过了一会儿，她躺了下来，把左臂枕在头后，露出了短短的腋毛。我对她说：腋毛没刮。她说：啊。后来又说：过去是刮的。又过了一会儿，她伸手到床头把烟捻灭，侧过身子躲开灯光，睡去了。而我则在灯光下又坐了一会儿，才熄灯睡觉——那天晚上的情况就是这样的。

安置前，我认识很多打过鸡的人。他们说，那些女孩子大多受过很好的教育，有个别人甚至有博士学位。当时我不理解她们为什么要做这种事。现在则认为这种事也不特别坏。就拿我来说吧，有两个博士学位，也没有打鸡，结果还不是遭了安置。第二天早上，我对F说，假如公司问我的情况，你就告诉他们实话好了。她说：假如人家想听的不是实话呢？我愣了一阵子，说：那你就顺着他们，编一些好了，反正我也没什么指望了。她马上答道：我不。不光你，大家都没什么指望。她还说：你这个人太客气。虽然我能听出她有一语双关之处，但我还是简单地回答道：随便你啦——我不想再横生枝节了。

二

F对我说，你总是这样，会不会出问题？我翻着白眼说，我怎样了，出什么问题？她说我太压抑。我当然明白她的意思，但是不想搭理她。后来她直截了当地问我，最近有没有手淫过。我说我经常手淫，每天晚上她睡着以后必手淫一次。这是瞎编，但她听了以后说道：这我倒有点放心了。——从理论上说，假如她是鸡，男人手淫就是剥夺她挣钱的机会，她该对此深恶痛绝才对，怎么会放心了呢？

从安置以后，我就性欲全无，心里正为这事犯嘀咕。所以下了班以后，我就去找小姚阿姨。她住得很远，我是坐公共汽车去的，一路上东张西望，看看有没有人盯梢——其实我也知道这是瞎操心。公司安置了这么多人，哪能把每个人都盯住。小姚阿姨见了我就说：小子，你上哪去了？到处找找不着。你怎么破稀拉撒的了？我说我遭了劫——这也是实话。不管公司有多么冠冕堂皇的说法，反正我的财产都没了。小姚阿姨是港澳同胞，人家不会把我的事告诉她。我在她那里洗了个热水澡，吃了一顿饭。但是最后那件事却没做成。小姚阿姨说，她要给我吹口仙气，但是吹了仙气也不成。于是她就说我不老实。其实最近我老实得很。最后没等到天黑透，我就告辞了，还向她要了一点钱坐出租车。等到回了家，

F意味深长地看了我一眼，看得我心底有点发凉。但是她没有说什么。

F告诉我说她在我这里的时候不会太长了。这是可以理解的，我犯的是思想错误，她犯的是自由错误，前者的性质比后一种严重得多。再说，像她这样漂亮的女孩给小工当主妇也是一种浪费。照我看，她可以到饭店当引座小姐，或者当个公关小姐——总之，是当小姐。现在当主妇是一种惩罚。所以我对她说：什么时候要走了，告诉我一声。她问我为什么，我说我要准备点小礼物，或者一道吃个饭。她说她明天就要走，我说今晚上就去吃饭。于是我们俩去了Pizza Hut，在那里点了两份pan pizza。吃完以后回家，她又告诉我说，明天她不走，是骗我的，说完了吃吃地笑。我说：那也不要紧，什么时候真要走了，再告诉我吧。

我和F住在一间房子里，我是个男人，而且不是伪君子，但我对她秋毫无犯。本来我会继续秋毫无犯，但是后来我变了主意，在床上和她做起爱来，不止不休，而且还是大天白日的。开头她还以为这是个好现象，而且很能欣赏；后来就说：你今天是怎么了？你不是有病吧？但我还是不休不止，直到她说：歇歇吧。我才停了下来，抽了一支烟。后来我又要干，她就说：能不能告诉我你怎么了。我说：不能。事实说明F很有耐性，她跷起双腿，眼看着天花板，偶尔说一句：你这是抽风。然后她说，要去洗一洗。回来以后让我告诉她，我怎么了。等她回来以后，我又抓住了她。

她说：你得告诉我为什么，否则我要喊了。我说：我没有什么，挺正常的。她说：你真是讨厌啊！这时天快黑了，屋里半明半暗的。这一回做着半截爱，她就睡着了。我把这件事做完，回来拥着她躺下。这时她醒了，翻身坐起，说道：你今天抽的是什么风啊？我嬉皮笑脸地说：猜猜看。她想了想说：你吃错药了。我说：你乐意这样理解也成哪，我可是要睡一会儿了。

那一天是返校日（这一天还有一个称呼，叫做“八贝米日”，近似黑话），和上一次一样，我们回去听训。那种讲话当然是毫无趣味的，一半说他们要干的事：思想教育的好传统永远不能丢，用严格的纪律约束人，用艰苦的生活改造人，用纯洁的思想灌输人，等等；另一半是说我们：安置对我们来说，是一种严肃的考验，有的人经得起考验，就能重新站起来做人，还有一些会堕落——说到堕落时，还特地说道，这不是吓唬我们。等到散会以后，他们把我留下个别谈话。会谈什么，我早就知道，是给我重新安排工作；让我加入公司的写作班子——它还有一个名字，叫做 ×× 写作公司——做一名写手。这个写作公司有小说部、剧本部、报告文学部等等。其中也有不少有名望的人物，得海明威奖、诺贝尔奖的都有，我要不是得了布克奖，人家也不会这么快地重新安置我。众所周知，该公司的产品臭不可闻，但是待遇还可以。我的回答也早经过了深思熟虑，我宁可去当男妓也不当写手——就是这个意思，但是不能这么说。我可以说：我乐意当小工。但是人家不会信的。也可以说，我乐意再考虑考虑。但是人家会以为我要拿一把、讲价钱，因而勃然大怒。所以我把这些回答推荐给别的和我处境相同的人。我只简单地说：我不行。他劝说我时，我就答道：一朝经蛇咬，十年怕井绳。这个回答不是比愿做男妓好得多吗？公司的那位训导员还安慰、劝解了我半天，态度殷勤，就如小姚阿姨对我吹仙气时一样。语多必失，他假装关心我，让我不要自渎——“手淫不仅伤身体，还会消磨革命意志”——我马上想到这话只对F讲过。这只是个小证据，真正的证据是她根本就不像个鸡。因此回家以后，我对F就性欲勃发。

后来F也承认自己是公司的人了，那是第二天早上的事。在此之前，她还说过，早上做爱感觉好。感觉好了之后，我们坐在床上，身体正在松弛，就是在这种时候脑子管不住舌头。我问道：你真的是鸡吗？她就沉下脸来，想了想才说道：谁跟你说了什么吧？好吧，我是公司调查科的。不过我可是实心实意地要帮助你呀。我赶紧点头道：我信，我信。说着手就朝她胸前伸去了。

三

公司是一座玻璃外墙的大厦，从某个角度看去，就像不存在的一样；所以它顶上那红色的标语牌就像浮在空中一样。那条标语是个大人物的语录："世间一切事物中，人是第一个可宝贵的。"在大厦的脚下，有一圈白色的栅栏，栅栏里面是停车场，里面停着我那辆红色的赛车。车前面放了一块牌子，上书"11000"；我认为这个价钱太便宜了，我买时是两万二，才开了不到一年嘛。栅栏墙外有个书摊，摊上摆着《我的舅舅》，封面装潢都是老样子，并且署的还是我的名字，但是也有一个白底红字的"D"，并且注明了是"社会治安综合治理总公司监印"。老板说，内容和"没D字"的全一样，可是看它不犯法，所以书价也就加倍了。但我看到这一切时，心里想着：反正我也是要死的，等我死了以后，这些东西和我又有什么关系呢？谁爱拿就给谁拿去好了。我承认，那时我满脑子是自暴自弃的想法。但听说F是公司的人之后，我又振作起来了。

我把手伸到F胸前时，她把我的手推开道：你听我讲嘛。于是我就把手缩回去，把食指咬在嘴里。我必须承认，当时我处于一种恍惚的状态，这种状态和与我师妹做爱时大不相同。F告诉我说，她是心理学家——是技术人员（这也没什么不对的，假如把人当成机器零件的话）——不介入公司的业务，她只管给人治心理病——她讲的这些话，我都听见了，但没有往心里去，一双色眼上上下下地打量她。凭良心说，我觉得她比我师妹好看多了。

我上次和女人做爱是三个月前的事了。当时我在公司上学习班，收到我师妹的信，让我去一下。傍晚时我就开车去了，我师妹那里还是老样子，白色的花园洋房，只是门前挂了一块“出售”的牌子。我在她门前按了好久的门铃，然后看见她瘦了不少，短头发有好久没剪了。然后我的胃囊上就挨了狠狠的一拳，疼得我躬起身来，鼻涕眼泪一齐流。再以后她就往里面走去，说道：混账东西！你把我害惨了你！

那时我师妹的家里大多数家具都没有了，客厅里剩了两个单人沙发，她就坐在其中之一上面，黑着脸不说话。我坐在另一个上面，抚摸着惨遭痛打的胃——幸好我还没吃晚饭，否则准要吐出来——这时我的脸想必是惨白的。这件事用不着解释，她肯定是遭我连累了。那间客厅铺了厚厚的地毯，地毯上面有几张白纸片。沉默了好久之后，我师妹气哼哼地说道：明天我就要滚蛋了，你有什么临别赠言要说吗？我确实想说点什么，比方说，我是混蛋；再比方说，我也要被安置了。但是最后我暂时决定什么都不说。这样比较含蓄。

有关我师妹的情形，有必要补充几句：她是洋人叫做“tomboy”那一类的女孩，而且脾气古怪。有时候我和她玩，但没有过性关系。有关我自己的情况也有必要补充几句，在遭安置，更确切地说，被她打了一拳以前，我最擅长于强词夺理，后来就什么都不想说。那一拳也值得形容一下，它着实很重，她好像练过拳击，或者有空手道的段位。我们在客厅里枯坐良久，我师妹就站起来上楼梯。上了几磴之后，忽然在上面一跺脚，说道：你来呀！我跟她上去，上面原来是她的卧室，有一张床，罩着床罩，我在那里只能弓着腰，因为是阁楼。我师妹把衣服都脱掉，拉开床罩爬上床去，躺在上面说：做回爱吧。我要去的地方连男人都没有了。

我师妹后来去了哪里，是个很难猜的问题。除了住监狱，还可能去了农场、采石场、再教育营地，现在这样的地方很多，有公办的、民办的、中央办的、地方办的，因为犯事的人不少，用工的地方也多。她不说，我也没有问。这类地方都大同小异。顺便说一句，在安置的前一天，我受了她的启发，从 Pizza Hut 要了十二张 pizza，这是我最爱吃的东西，每张上面都要了双份 cheese，加满了 mushroom、green pepper、bacon，以及一切可加的东西。我拼了老命，只吃下了两张半，后来还吐了。但是不大管用，到现在还想吃 pizza，而且正如我当时预料到的那样，没钱去吃了。只有做爱管得特别长，到现在还是毫无兴趣。我师妹并不特别漂亮，皮肤黑黑的，只是阴毛、腋毛都特别旺。她气哼哼地和我做爱，还扯下了我的一绺头发。从那时起我开始脱发。再过一些日子，我就会秃顶了。

现在我经常想：假如和我师妹安置在一起，情况将会是怎样——也许每天都做爱，也许每周做两次，或者十天半月一次。不管实际情况是怎样的，我们彼此会很有兴趣。上次干到中途，我告诉她自己就要遭安置的事。她从鼻子里哼了一声：该！等我说到自己的汽车、房子、银行存款都要归别人所有时，她就十分的兴高采烈了。这种情形说明我们前世有冤、近世有仇，不是无关痛痒。

我师妹对我说：假如不是你小子害我，我就要升副署长了。我想安慰她一下，就说：那有意思吗？无非是多开几次会罢了。她说：涨一倍的工资！还能坐罗尔斯－罗伊斯。我则说：你想过没有，你还不到三十岁，当那么大的官，别人会怎么说你？她想了想说：那倒是。尤其我是女的，又这么漂亮。但是过了一会儿，她又一脚把我踹倒，说道：这话从别人嘴里说出来倒也罢了，从你嘴里出来，越听越有气！你为什么要犯“影射”？“直露”错误还不够你犯的吗？

我师妹还告诉我她升官的诀窍：那就是光收别人的礼金，不给人办事；这样既不会缺钱花，又不会犯错误。不过这个诀窍没用到我身上，她给我办了很多事，却没要过钱。我总共就买了三瓶人头马，一个大蛋糕，而且那个蛋糕还是我自己吃下去了。这也是我一直诧异的问题——“你到底是为什么呀？”她说：还不是因为有点喜欢你。这话着实使我感动，但是她又说，她还不如去喜欢一只公狗。如前所述，我常试图勾引我师妹，但那是想找张护身符。我师妹就是不上钩，也是因为她知道我想找张护身符。我师妹在不肯和我做爱时，心里爱我，在和我做爱时，心里恨我。

因为这种爱恨交集的态度，有时候她说："哪。"把乳房送给我抚摸，有时候翻了脸，就咬我一口。而我的情况是这样的，如果为了那张护身符，我就不爱我师妹，但我要勾引她。如果不想那张护身符，我就爱我师妹，但又不敢勾引她。这本账算得我自己都有点糊涂。不管怎么样吧，现在我很想和我师妹在一起，这说明我虽然坏，却天良未泯。但这是不可能的事，人家不会让男人进女子监狱；而且我师妹再也回不来了，出了监狱也要在大戈壁边上住一辈子，将来还会嫁给一个赶骆驼的。希望那个人能对她好一点，最起码不要打她。我和师妹做爱时，心里很难堪，背上还起了疹子。这些疹子F也看到过，她说：你这个人真怪，雀斑长在背上！这说明那些疹子后来在我背上干枯、变黑，但是再也不会消退了。

四

我和F的事是这么结束的，她打了我一个大嘴巴，因为我说：你是公司的人，不干白不干。我同意，把"干"字用在女人身上是很下流的，应该挨个嘴巴。打完以后她就穿上衣服走了。我这样说，是因为我完全管不住自己的嘴巴。现在我承认这话说得太过分，尤其对这样一个还没有从学校毕业的女孩子；再说，公司又不是她开的。我虽然比她大不了几岁，却像个老头子，学历史的人都是这样的；而公司是谁开的，在历史上也查不出来。它现在是全世界第一大公司，生产各种各样的产品，经营各种各样的业务，甚至负责起草政府的白皮书。总而言之，它是个庞然大物，谁也莫奈它何，更别说和它做爱了。但F不是个庞然大物。她长了一对小巧玲珑的乳房，乳头像樱桃一样。

和F闹翻了以后，我就一个人过了。在此介绍几条经验供将来遇到这种麻烦的人参考：假如你懒得做饭，可以喝生鸡蛋，喝四个可以顶一顿饭。假如没有烟抽，可以在床底下找烟头，烟头太干了就在烟纸上舔一舔。有一件事我不教你就会，当你百无聊赖时，就会坐在桌前，拿起一支笔往纸上写，也可能是写日记，也可能是写诗，但是不管你起初是写什么，最后一定会写小说。不管你有没有才能，最后一定能写好——只要你足够无聊、足够无奈。最后你还会变成这方面的天才，没有任何人比得上你——这可能是因为无聊，也可能是因为无奈，也可能是因为喝生鸡蛋，也可能是因为抽干烟屁。假如邻居打老婆，吵得你写不下去，你就喊：打！打！使劲打！打死她！他就会不打了。顺便说一句，我用这种方法劝过架，第二天早上那位出租车司机就站在走廊上，叉手于胸，挡着我的路，看样子想要寻衅打架。但我笑着朝他伸出手去说：认识一下，我住在四〇七，叫M。那人伸出又粗又黑的右手来握我的手，左手不好意思地去摸鼻子。但这不说明他想和我友好相处。晚上我回来时，他又拦在路上。我笑了笑说：劳驾让一让。他又让开了。建筑队里养了一只猫，原来老往我身上爬，现在也不爬了。有人还对我说：以前没注意，现在才发现，原来你是三角眼！我瞪了他一眼，他就改口说：我的意思是，你的眼睛很好看！在公共汽车上还有人给我让座——对于一个三十岁的男人来说，真是罕见的经历。这些情况说明我的样子已经变得很可怕了。

我说过，公司经营着各种业务，但是它最主要的业务是安置人，而且它安置的人确实是太多了，所以在节日游行时，叫了我们中间的一些人组了一个方阵，走在游行队伍后面。我因为个子高，被选做旗手，打着那面红底黑字的“D”字旗，走在方阵的前面。走着走着，听到大喇叭里传来了电视广播员的老公鸭嗓子：“各位观众，现在走来的是被安置人员的方阵……社会治安综合治理是我们国家的基本国策……被安置人员也是……建设的一支积极力量。”听到这样的评价，我感到羞愧、难堪，就拼命挥舞旗子，自身也像陀螺一样转动。在我身后的方阵里，传来了疏疏落落的掌声。这是我们自己人在给我鼓劲。F走了以后，我觉得寂寞，感情也因而变得脆弱了。

F曾经告诉我说，她是学心理的研究生，正在公司调查科实习、做论文。提起公司派她来做这种奸细的事，她笑着说：“以前在学校里只有过一个男朋友，我觉得这回倒是个增长见识的机会。”她还告诉我说，她的论文题目是“重新安置综合征”。一边说，一边还嘻嘻哈哈，说道："看来你没有这种病，我亏了。"我当时气愤得很：第一，这不是好笑的事。第二，我也没有好心情。唯一使我开心的事是她亏了。所以我还要和她做爱，她说：行了，你做得够多的了。我就说：反正你是公司的人，不干白不干。结果挨了一嘴巴。然后她还哭起来了。所有的人都是这样的，在没倒霉之前，兴高采烈，很自私。在倒霉以后，灰心丧气，更自私了。而倒霉就是自尊心受到打击，有如当头一棒，别的尚在其次。我就这样把她气跑了。开头我以为她会到公司去告我一状，让那里的人捉我去住监狱，但是等了几天，没有人来逮我。这说明我把她看得太坏了。

第三章

一

如前所述，有一个人叫做 M，因为犯思想错误被安置了。另外有一个女人叫 F，开头和他安置在一起，后来走掉了。我就是 M。有关我被安置的事，可以补充如下：是公司的思想教育研究会首先发现我的书有问题，公司社会部检举了我，公司治安部安置了我，公司财务部接收了我的财产，公司出版部拿走了我的版权。我现在由公司训导部监管，公司的调查科在监视我，而公司的写作班子准备吸收我加入。公司的每个部门都和我关系紧密，可以说我是为公司而生，公司是为我而设。我实在想象不出 F 为什么和公司搅在一起。假设我是个女孩子，长得漂漂亮亮，并且学了临床心理学，那么公司对我根本就不存在。假设有一天，因为某种意外，我和公司有了某种关系，被它安排到一个阴沉不语、时而性无能时而性欲亢奋的男人身边，那将是人生的一个插曲。这种事不发生最好，发生了以后也不太坏，重要的是早点把它忘掉，我绝不会走了以后又回来。我就是这么替她考虑问题的。

F走掉以后，我开头打算一个人过，后来又改变了主意，到公司去申请一个伴儿。他们收了我十块钱的登记费，然后说：给你试试看。你有什么要求吗？我说：能做饭、会说话就行。他们说：你收入太低，两条没法同时保证。或则给你找个哑巴，不会说话；或则找个低智商女人，废话成堆，但是不会做饭。我听了大吃一惊，连忙说：那就算了，把登记费退给我吧。那些人忽然哈哈大笑，说道：别怕，还不至于那样。拿你开个玩笑。我退了一步，瞪了他们一眼，就走开了。他们在我身后说：这小子怎么那样看人？看来真得给他找个哑巴。但这时我已经不怕低智商女人了，何况只是哑巴。

我现在发现，不论是羞愤、惊恐还是难堪，都只是一瞬间的感觉，过去就好了。由此推导出，就是死亡，也不过是瞬间的惊恐，真正死掉以后，一定还是挺舒服的。这样想了以后，内心就真正达观，但表面却更像凶神恶煞。我现在身边能够容下一个女人，哪怕她把我当笼养的耗子那样研究，只可惜F已经走了。于是我就去登记，然后就有女人到我这里来了。

我收到一张明信片，上面只有一句话：在电视上看到了你（游行）。我觉得是F寄来的，虽然那张明信片没有落款，我又没有见过F的中文笔迹。这就是一种想法罢了。我还在床垫底下找着了一叠纸片，上面写着故作深奥的拉丁文，还有几个希腊字母。假如我还能看懂一点的话，是对我做身体测量时的记录。我说过，开始做小工时，我很累，每夜都睡得像死人，所以假如F对我做过这种测量的话，就是那时做的。这说明F做事很认真。我也有过做事认真的时候——上大学一年级时，每节课我都做笔记；到二年级时才开始打瞌睡。就是在那时，也有过在手淫之后夜读“量子力学”的时候——恐怕考试会不及格。这些事说明，这个世界是怎样的，起初我也不知道。F比我年轻，她当然可以不知道。我说F是“不干白不干”是不对的。因为她不知道，所以就没有介入其中，她是无辜的。但这也就是一种想法罢了。

现在该说说公司给我介绍的那些伴儿了。有一天傍晚回家，看到屋里有个女人，年龄比我稍大，肤色黝黑，穿了一些F初来时那样的破衣服，在我屋里逡逡巡巡，见我回来就说：你有没有吃的东西？我饿死了。与此同时，我看到桌上一块剩了好几天、老鼠啃过的烙饼没有了，冰箱里的东西也一扫而空。我可以假设她在给我打扫卫生，但是地没有扫。所以我就带她到楼下的小铺吃炒饼，她一连吃了六份。这个女人眼睛分得很开，眉毛很浓，长得相当好看，只可惜她要不停地吃东西。我怀疑她有甲状腺功能亢进的毛病，但是她说她没有这种病，原来一切都正常，只是在安置以后老觉得饿，而且不停地要去卫生间。我等了三天，她一点都没有好转，我只好把钱包拿出来给她看：里面空空如也了。这个女人犯的是思想错误，故而非常通情达理。她说：我回公司去，说你这里没有东西吃，是我要求回来的。这样她就帮了我的忙，因为登记一次只能介绍三个女人。她提出不能和我共同生活，就给我省了三块三毛三。对于这件事可以做如下补充：这是我在公司里得罪的那几个家伙特意整我，想让她把我吃穷，但我对这个女人并无意见。她还告诉我说，她们受训的地点是在公司的楼顶上，不在地下车库。那里除了F，也有些M，都是俊男——这说明怀疑主义学兄的猜测是对的。因为她告诉我这件事，所以第二个到我这里来的女人见了我说：你怎么这么难看哪？我也没有动肝火，虽然她才真正难看。

后来我又收到一张明信片，上面写着：看过了你舅舅的小说。你真有一个舅舅吗？这句问话使我很气愤：我岂止有一个舅舅，而且有一大一小两个舅舅，大的是小说家，被电梯砸死了。小的是画家，现在还活着，但我没怎么见过。就在收到这张明信片的当天，那个肥婆来到我家里，说我长得难看。这女人还会写点朦胧诗，我对诗不很懂，但是我觉得她的诗很糟。这样的人不像会犯思想错误，我怀疑她是自己乐意被安置的。她到我这里时衣着整齐，听说就是最冷酷的人对傻婆子也有同情心——但也可能是因为她的衣服号太大，剥下来没人能穿吧。她还提了个手提袋，里面放了很多的五香瓜子，一面嗑，一面想和我讨论美学问题；

但是我始终没说话。后来我接二连三地放响屁，她听见以后说道：真粗俗！就奔回公司去了。

有关这位肥婆的事，后来我给F讲过。她听了就跳起来，用手捂着嘴笑，然后说：现在你一定把我当成了该肥婆之类。那些明信片果然是她寄来的。她还给我寄过钱，但我没有收到汇款单。像我这样的人只能收到明信片，不能收到钱。

我现在和公司的训导员很熟了，每个返校日都要聊一会儿。他对我说：人家说你是个黄鼠狼——你是成心的吧？一听就知道他是在说那个肥婆。我告诉他，我不是成心的，但这不是实话。和公司的人不能说实话。那个肥婆果然是自愿被安置的，大概是受了浪漫电视剧的毒害。现在她不自愿了，想让公司把原来的身份、财产都还给她。公司的人对她倒是蛮同情的，但是还她过去的身份却不可能：没有先例。作为一个前史学家，我对这种事倒不惊讶。过去有向党交心当右派的，有坦白假罪行被判刑的。就是我舅舅，也是写了血书后才去插队的。这世界上有些事就是为了让你干了以后后悔而设，所以你不管干了什么事，都不要后悔。至于在那些浪漫电视剧里，我们总是住在最好的房子里，男的英俊，女的漂亮，吃饱以后没事干，在各种爱情纠纷里用眼泪洗脸。假如我肯当写手，现在就在编这种东西了。公司编这些连续剧，就是想骗人。众所周知，在我们周围骗局甚多，所以大多数假话从编出来就没指望有人信；现在真的骗着了一个，良心倒有点不安。他们准备再努力给她安置几次，假如不成功，再送她去该去的地方，因为他们不能容忍有人老在公司里无理取闹。我看这个肥婆最后免不了要住监狱，因为除了到了那里，到哪儿她都不满意；但在这件事的过程中，我看出公司也有一点品行。对我，对那个眼睛分得很开的女人残忍；对傻呵呵的肥婆则颇有人情味。顺便说一句，那个眼睛分得很开的女人是个先锋派电影导演，做爱时两腿也分得很开。我觉得跟她很投缘。假如不是怕两人一起饿死，我一定让她留下来。

夏天快要过完时，我又收到一张明信片，上面写着：我找到你舅妈了，她告诉我好多有意思的事。我从这句话里感到一种不祥气味。F后来告诉我说，同一张明信片上，她还写了“我对你有一种无名的依恋”，但是那句话消失了。我收到的可能是经过加工的明信片，也可能是复制品，是真是假，F自己也不能辨别。后来公司又给我送来一个真正的画家，瘦干干的像根竹竿。这家伙穿着迷彩服，背着军用背包来的，当晚就要洗劫楼下的西瓜摊。我说兔子不吃窝边草，然后她就和我吵起来了。我和她同居一星期就散了伙，因为实在气味不投，而且我还想多活些时候。她把我房间里的一面墙画成了绿荧荧的风景画，开头我想把它涂掉，后来又改变了主意，因为我已经看惯了。

到了秋天里，有一天我回家时，房子被扫得干干净净，F坐在床上说：我回来了，这回是安置回来的。我真想臭骂一顿，再把她撵出去，但我没有这么做。因为现在她和我一样，除了此地，无处可去了。

F回来的当晚，我觉得和她无话可说，就趴到她光洁、狭窄的背上了。上一次没有这样弄过，但是这样弄了以后，也没觉得有什么新意。后来她对我说：你没上次硬——这么说你不介意吧？我也不说介意，也不说不介意，一声不吭地抽了一阵烟，然后在黑地里抓起她的衣服扔在她身上，说道：穿上，出去走走。那天晚上出门前的情况就是这样。在散步时我对她说，我准备到公司里当个写手。她听了以后沉默良久，然后说：你不是因为我吧。我没说是，也没说不是。这是因为是和不是都不是准确的答案。她还对我说，她觉得我们俩之间有未了的缘分，假如不亲眼看到我潦倒而死，或者看见我吃得脑满肠肥中风而亡，缘分就不能尽。我没有说有，也没有说没有。我没有想这个问题——虽然不能说我对此不关心。我的内心被别的东西占据了。

二

后来F告诉我，她给我寄过很多明信片，除了我收到的那几张，还有好多。在那些明信片里，她说了自从被安排到我这里做奸细，她就不能对我无动于衷——后来她怎样了解了我的过去，又怎样爱上了我。假如我收到了，就不会对她的到来感到突然。但是这些事已经不重要了。假如一个女人自己犯了错误，我欢迎她和我一起过这种生活——只要还能活。但假如这个错误是由我而起的话，我就要负责任，不能对这种状况听之任之了。

三

我现在是公司第八创作集体 G 组的三级创作员，但我每星期只上一天班。用我以前的标准，在这一天里，我也几乎什么都没干。这丝毫不奇怪，因为公司有不计其数的一级、二级、三级创作员，大家只要稍稍动手，就能凑出几本书、几篇文章，而且这些书根本就没人看，只是用来装点公司的门面。而我们这些创作员的待遇是如此丰厚，以致我都担心公司会赔本了。

第四章

一

我现在相信，有的男人，比方说，我，因为太聪明，除了给公司做事，别无活路；还有些女人因为太漂亮，比方说，F，除了嫁给公司里的人，也别无出路。得到了这个汤马斯·哈代式的结论之后，我告诉训导员，我愿意到写作部去工作。在做出这个决定之前，我曾经做噩梦、出冷汗、脸上无端发红、健忘、不能控制自己的脾气，但是决定了以后，一切就都好了。不管你信不信，第一次到第八创作集体去时，走在黑暗的楼道里，忽然感到这里很熟悉；我还感到很疲惫，不由自主地要松弛下来。这种感觉就像是到家了。

每次我来到公司门口，把工作证递给传达室里的保安员看了以后，他就要递给我一个黑马甲，上面有红线缀成的D字。这一点提醒我，我还是个“被安置人员”，和公司的官员不同，和在公司里打工的人也不同。官员们穿着各色西服，打着领带，可算是衣冠楚楚；而保安员更加衣冠楚楚，穿着金色的制服，就像军乐团的乐师。女的保安员穿制服裙子，有些人不会穿，把前面开的衩穿到身体的侧面，这可以算公司里一种特别的风景吧。

我在第八创作集体，这是一大间白色的房子，像个大车间，向阳的一面全是玻璃，故而里面阳光灿烂。也许是太灿烂了，所以大家都戴着茶色眼镜。上班的第二天，我也去买了一个茶色镜。这间房子用屏风隔成迷宫似的模样，我们也是迷宫的一部分。在这个迷宫的上空，有几架摄像机在天花板上，就像直升飞机上装的机关枪，不停地对我们扫射。根据它的转速和角度，我算出假如它发射子弹，可以在每十五分钟把大家杀死一遍。开头每次它转到我这边，我都微笑、招手。后来感到脸笑疼、手招累了，也就不能坚持了。

G 组有七个人，其中有两个女同事。我们这个组出产短中篇，也就是三万字左右的东西，而每篇东西都分成四大段。其一，抒情段，大约七千字左右，由风景描写引入男女主人公，这一段往往是由“旭日东升”这个成语开始的；其二，煽情段，男女主人公开始相互作用，一共有七十二种程式可以借用，“萍水相逢、开始爱情”只是其中一种，也是七千字左右；其三是思辨段，由男女主人公的内心独白组成；可以借用从尼采到萨特的一切哲学书籍，也是七千字；最后是激情段，有一个剧烈的转折。开始时爱情破裂、家庭解体、主人公死去。然后，发生转机，主人公死而复生，破镜重圆，也就是七八千字吧。每月一篇，登到大型文艺刊物上。到了国庆、建党纪念日，我们要献礼，就要在小说里加入第二抒情段、第二煽情段，就像 double burger，double cheese burger 一样，拉到五万字。什么时候上级说文艺要普及，面向工农兵，就把思辨段撤去。顺便说一句，这种事最对我的胃口。因为作为前哲学家执照的持有者，我负责思辨段的二分之一，抒情段的六分之一，煽情段的十二分之一，激情段我就管出出主意，出主意前先吃两片阿斯匹林，以免身上发冷。只要不写思辨段，我就基本没事了。上了一周的班，我觉得比想象的要好过。正如老美说的那样，“a job is a job”。我没有理由说它比当肛门科大夫更坏。我现在干的事，就叫做当了“写手”。

我坐在办公桌前写一段思辨文字时，时常感到一阵寒热袭来，就情不自禁地在稿纸上写下一段尖酸刻薄的文字，对主人公、对他所在的环境、对时局、对一切都极尽挖苦之能事。此种情形就如在家里时感到性欲袭来一样——简单地说，我坐不住。在一个我仇恨的地方，板着脸像没事人一样，不是我的一贯作风。这段文字到了审稿手里，他用红墨水把它们尽数划去，打回来让我重写。他还说：真叫调皮——可惜你调皮不了多久了。对于这话，我不知道应该怎样理解。也许应该理解为威胁。这位审稿是个四十多岁的人，头发花白，脸像橘子皮。众所周知，我们这里每个人都犯过思想错误，所以虽然他说出这样意味深长的话来，我还是不信他能把我怎么样。审稿说：我也不想把你怎么样——到时候你自己就老实了。从我出了世，就有人对我说这样的话。而直到现在，我还没见过真章哪。

有一件事，我始终搞不明白，到底是什么使这些人端坐在这里写这样无趣的东西，并且不停地呷着白开水。我自己喝着最浓的茶，才能避免打瞌睡。但是不管怎么难熬，每周也就这么一天嘛。我说过，G 组一共有七个人，都在同一个办公室里。除了审稿坐在门口，其他人的办公桌在窗边放成一排。靠着我坐的是两位女士，都穿着棕色的套服，戴着茶色眼镜，一位背朝我坐，有四十来岁。另一位面朝我坐，有三十多岁。我说自己从出世就没见过真章，那位三十来岁的就说：在这里你准会见到真章，你等着吧。——而那位四十来岁的在椅子上挪动一下身体，说：讨厌！不准说这个。然后她就高声朗诵了一段煽情段的文章，表面上是请大家听听怎么样，其实谁也没听。不知道为什么，这间房子里的每一个人都有点脸红，大概是因为这段文字实在不怎么样。

这间房子里的每个人都有不尴不尬的毛病，只有我例外。所有的人之间都不互称名字，用“喂”“哎”“嗨”代替。我想大家是因为在这种地方做事，觉得称名道姓，有辱祖宗。因此我建议用代号，把年纪大的那位女士叫做“F1”，把年纪小的叫做“F2”。

这两位女士马上就表示赞成。男人中，审稿排为M1，其余顺序排列，我是M5。只要不是工间操时间，我们都要挺胸垂着头写稿子，那样子就像折断了颈骨悬在半空中的死尸。长此以往，我们都要像一些拐杖了。照我看来，这是因为在办公室的天花板上装了一架能转动的摄像机，而且它没有闲着，时时在转。

二

我告诉F说，在公司里做事，感觉还可以。她说：事情似乎不该这么好。她听说公司对我们这些人有一套特别的管理制度，能把大家管得服服帖帖的。对于这一点我也有耳闻，并且到第八创作集体的第一天，我就签了一纸合同，上面规定我必须服从公司的一切规章制度。对于这一点，我不觉得特别可怕，因为作为一个被安置者，我必须服从公司的一切安置制度；作为一个公民，我又必须服从国家的一切制度；更大而化之地说，作为一个人，我还要服从人间的一切制度，所以再多几条也没什么。他们所能做的最坏的事，无非是让我做我最不想做的事。我已经在做了，感觉没有什么。F指出，我所说的在心理学上是一个悖论，作为人，我只知道我最想做的是什么，不可能知道最不想做的是什么。从原则上说，我承认她是对的。但是我现在已经不知道自己最想做的是什么，既然如此，也就没什么不想做的事。我认为，作为人我已经失魂落魄，心理学的原则可以作废了。

我们的办公室里有张床，周围还拉了一圈帘子。那张床是个有轮子的担架床，加上帘子，就像基督教青年会的寄宿舍一样。我想它是供午休之用的。有一天中午，我从食堂回来早了，就在上面睡着了——后来我被 M1 叫醒了，他说：起来，起来！你倒真积极，现在就躺上去！我坐起来时，看到所有的人都面红耳赤，好像憋不住笑的样子。M3 朝我扑了过来，把我从床上拉了下来。顺便说一句，大家对这张床的态度十分可疑。有人不停地把帘子拉上，仿佛遮上它好；又有人不停地把帘子拉开，仿佛遮上也不好。这件事纯属古怪。但是我认为，见怪不怪，其怪自败。我既然当了写手，一切早都豁出去啦。

有关我当了写手，有一个正确的比方：一个异性恋男人和同性恋男子上了床。这是因为我被安置之前做的事就是写了一本书，而这本书还得了奖，它将是我这辈子能做的最后一件有人味的事。在这种情况下当写手，无异于受阉割。有一天上班时，我看到我们楼层的保安员桌子上放了一本《我的舅舅》，感觉就像在心窝上被人踹了一脚。保安员的桌子放在楼梯口上，他们穿着金色的制服，经常在桌子后面坐着，偶尔也起来串房间。有一天串到我们屋里来，在门口和 M1 说话：你们屋有个新来的？是呀。他不会找麻烦吧？ M1 稍稍提高了嗓门儿说：谁敢跟你们找麻烦？谁敢呢？这时候他的脸涨得像猪肝一样。保安员用手按住M1的肩头说：你不冷静……老同志了，不要这样嘛。而M1就沉住了气说道：每回来了新人，我都是这样。说到这里，他们两个一齐朝我这里转过头来。我端坐在那里，目不转睛地看着他们。那时候我觉得自己什么都不怕。

说到了保安员，必须补充一句，他们中间有女的，而且为数相当不少；这种情况只有在百货商场那种需要搜身的地方才有。在我们这里，她们格外地喜欢串房间。我们层有一个宽脸的小姑娘，长了一脸很可爱的雀斑，操河北唐山一带口音，老爱往我们房间跑，并且管F1和F2叫大姐。这两位大姐就这样和她寒暄：你值班吗？她答道：是呀，值到月底。听到这样的回答，F2的额头上就暴起了青筋，低下头去。后来她就到我对面坐下，和我搭讪道：大哥，听说你会写书——我也想写书，你能不能教教我？对这一类的问题我是懒得答复的，但也不能不搭理人家；所以就说道：你要写什么哪？她说：我可写的事多着哪。就在这时，我听见有人猛烈地咳嗽起来了，抬头一看，只见F2一副要中风的样子，朝门口比着手势。见了这个手势，我就站了起来，说道：我要去上厕所。——她当然不可能跟着我。等我回来时，那女孩走了。F2说：M5，你不错。我说：能告诉我这是怎么回事吗？她说道：不能。我说不出口。到下星期你就知道了。

我发现G组的同事里，只有审稿像个真正的“被安置人员”，换言之，只有他才像会犯思想错误的样子。这是因为我听说过他。众所周知，在我们的社会里，犯错误的人只是极少数，而我正是其中的一个。所以我认为，像这样的人就算我不认识，也该有个耳闻。而组里别的人我都没听说过。F2 也有点像个被安置人员，因为她虽然不聪明，但还算漂亮，有可能犯自由错误。其他的人既不聪明也不漂亮，不大可能犯错误。我找审稿打听了一下，他告诉我说，这里多数人都是走后门进来的。这使我大吃一惊，说道：我以后说话要小心了。但是他摇摇头说：用不着。不管怎么进来的，最后都是一样。他还说，你就在外面当小工也挺好的，进来干吗？我则拿同样的问题问他。于是他叹口气说道：现在说这样的话，一点意义都没有了。

有关走后门进来，我是这么理解的：假如只有犯了思想错误的人才能进公司来当创作员，那么就会有些人的著述明明不算犯错误，他却请客送礼托关系，硬要受到检举，以便到这里来——这和我没被安置时的作为相反，那时候我总要找我师妹把我错误的记录消去，连累得她进了监狱——这是可以理解的，因为这里待遇丰厚，并且每周只上一天班。

唐山女孩来串门是二十四号的事，而那个月没有三十一号。有关三十号，我知道那一天领工资，还知道那天下午重新安置人员放假，这些都是从公司发的手册上知道的。别的事在二十九号我还一无所知，到了三十号上午，我在门口就被人叫走了，被叫到训导部里听了一上午不着边际的训。作为一个常犯错误、常听训的人，我一看到训导员笑眯眯、慢条斯理地说话，就怀疑他要诈我交待点什么，所以我一直在等他转入正题：“好了，现在谈谈你的问题吧。”在这以后，他可能会翻了脸，大声地呵斥我；而在这段时间我应该不动声色地顶住，等着他来提醒我。但是我空等了一上午，他也没有转到正题上，也就是说，他胡扯了整整一上午，总在说我的错误是多么严重，而他们现在对我又有多好。中午时，他叫我到小餐厅吃招待饭，我等着他下午继续胡扯。但是在吃饭时他看了看手表，说道：你回组去吧。连饭都不让我吃完。只是当我离去时，他在我身后说：今天中午发生的事对你大有好处，希望你能保持谦虚、谨慎、合作。事后我想到，整整一上午他并没有完全胡扯，只是当你没有亲历那个事件时，根本就不知他在说什么。

三

假设你没有亲历过那个事件，我告诉你训导员的话，你也猜不出是要干什么。所以你就把现在的一段当成考验你是否比我聪明的谜语来读吧。训导员说：知识分子是党和国家的宝贵财富，任重而道远。我们需要好好改造思想，但是这将是个痛苦的过程。

假如你不幸是个知识分子，这样的话你一定听过上千遍了，但你不知所云。这不是你的错，因为说话的人并无所指。当它第一千零一次重复时就有所指，可这次你却忽略了。我也是这样的。

我回组里去，那座楼里没有一点声音，楼道里也没有人。这使我以为大家都下班了。但我还是要回组里去，因为那天领工资。我认为他们就算走了，也会在我桌上留条子，告诉我工资的事。但我推开G组的门时，发现所有的人都在位子上坐得直挺挺，好像一个surprise party。然后我就被这种肃穆的气氛所慑服，悄悄溜回自己位子了。

现在我认为，把那天中午发生的事比做surprise party，这个比方不坏。那一天，第八创作集体里有一个秘密，但只对我一个人是秘密。我坐在自己位子上时，周围静悄悄的，但有时会听到一些古怪的声响，然后有些人蹑手蹑脚地走掉了，而且假如我没听错的话，这种声音是越来越近了。我还看到所有的人都面红耳赤，虽然我没有照镜子，但我知道自己也是面红耳赤。对于要发生的事，我还是一无所知，但我觉得没有必要再问，只要等着就是了。

在进公司当创作员之后，我受过不少次训导，但我和往常一样，左耳进，右耳出。坐在位子上等待时，我又力图把这些教训回忆起来。我能想到的只有这样两句话：一句是说，公司出钱把我们这些人养起来，是出钱买安定。这就是说，我们这些人，只要不在这里，就会是不利社会安定的因素。我看不出，像这样每周只上一天班，怎么才能把我们安定住。另一句话是：在创作集体里，他们还要不断地对我们进行帮助、教育。假如说那些训导就是帮助、教育，我相信是不能把我安定住的。所以我已经猜出了正确的答案，这个 surprise party 就是一次帮助教育。这个猜测虽然是正确的，却失之于笼统了。

后来终于有人走进了我们的隔间，来的是两个保安员，一个高个的男子，还有一个就是那个唐山女孩。我注意到那个男的手里拿了一叠大信封；女的手拿一个大广口瓶，里面盛了一种透明清澈的液体，还有一大包棉花，腋下夹了两根教鞭。那个男的低下头在信封里找了找，拿出一个递给 M1。他就把它撕开，离开位子，把里面的纸片一一分给大家。我也拿到了我那一份，是曲别针别着的两张纸，一张是工资支票，和合同上签订的数相比，一分不多，一分不少。另一张是打字机打的纸片，上面有我的姓名，身份证号码，还有一个简单的数字：8。然后我抬起头来，看到那个唐山女孩坐在 M1 的办公桌上，广口瓶的盖子打开了。她一手拿了那两根教鞭，另一只手拿了湿棉花在擦着，瞪着眼睛说道：谁先受帮助呀？还不等回答，她就走到床边，把帘子一拉，钻到里面说：照老规矩，女先男后吧。我们又静坐了一会儿，听到唐山女孩说道：快点儿吧！你们后面还有别人哪！再说，早完了早回家呀！于是 F1 就站了起来，背朝着我，脱下了制服裙子，露出了泡泡纱那种料子的内裤、宽广的臀部，还有两条粗壮的腿，撩开帘子钻进去了。这时F2站起来，脱下外衣，把衬衣的下摆系在一起，并且也脱下了裙子。她的腿很长，很直，穿着真丝内裤，裤带边还有绢花，这时候她自言自语地说：对，对，早完早回家；与此同时，脸上红扑扑，青筋也暴出来了。我倒是听见了那种声音，但我还不敢相信是真的。后来帘子拉开，两位女士钻了出来，穿上衣服走了。唐山女孩也走了，走之前笑嘻嘻地对大家说：有谁想让我帮助，可以过来。我觉得那话是对我说的。后来房间里只剩了我们——M们。大家都坐着不动。终于M1站了起来，自言自语地说：老同志带个头吧。走到床边上脱了裤子躺上去，把纸片递给保安员，说道，我是5，字打得不清楚。这时我还是不信。直到藤条（也就是我以为是教鞭的那东西）呼啸着抽到他屁股上，我才信了。

现在让我来重述这个事件，我认为F1和F2在这件事里比较好看，尤其是F2，从帘子里钻出来时，眼若秋水，面似桃花；M1最为难看，他把白夏布的大裤衩脱到膝盖上，露出了半勃起的阴茎——那东西黑不溜秋，像个车轴，然后又哼哼个不停。然后就顺序进行，从M2到M3，到M4，直到M5。我丝毫也不记得自己是怎么躺上了那张床，但是我屁股上现在冷飕飕的，仿佛涂上去的酒精还没有完全挥发。还有八道疼痛，道道分明。我正在街上游荡，天已经很晚了。我应该活下去，但是这个决心很难下。但是假如我下定了这个决心，那么我作为一个知识分子，就算是改造好了。万事开头难，第一回羞愧、疼痛，但是后来没准会喜欢——只要不在生人面前。我应该回家，但是这个决心很难下。假如家里没有F就好了。但是假如我下定了这个决心，我作为一个男人，也算是改造好了。执鞭的保安员轻描淡写地安慰我说：你不要紧张，不过就是打两下，没什么。假如真的没什么，何必要打呢。

我的故事就要结束了。你现在当然知道，那天晚上我还是回了家。我现在和F住在一起，她完全知道这件事，并且能够理解，用她的话来说，你别无选择，所以只好这样生活了。我现在多少适应了这种生活，和周围的人也熟了。假如没有新来的人，每月这一关也不太难过。就像一个伤口已经结了疤，假如没有新东西落进去，也就不会疼痛了。这件事使我们真正犯错误的人最为痛苦，而那些走后门进来的除了感觉有点害臊，不觉得有什么。我还知道一件事，那就是我再没有精力、也不想再犯思想错误了。

现在我总选择那个唐山小姑娘对我进行“帮助”，这件事多少带一点调情的味道，但是她要些小费，因为她该只“帮助”女士，所以这是额外工作。她对此热情很高，除了能挣钱，她还觉得打男人是种享受。这个时候，她一面涂酒精，一面还要聊上几句——“这个月是6，你知道为什么吗？”“这是因为我在办公室里说笑啊。”“你以后别说笑了，太太见了多难过呀。”“能轻一点吗？还要开车回家呢，坐在伤口上受不了，多多拜托了。”“轻可不成，